제주,

바람이
걸어오다

제주,
바람이

걸어오다

프롤로그

올해 초 《계간수필》로 등단한 열한 명의 작가들이 바람처럼 제주를 다녀갔다. 그윽한 정원과 상상력이 넘치는 공간을 거쳐 크고 작은 오름과 4·3의 아픈 들녘을 하염없이 걷고 또 걸었다. 성난 바람에 흔들리는 나무를 그린 그림 앞에서 잠시 머물기도 했고, 더 갈 곳 없는 바다의 끝에서 누구는 울음을 터뜨리고, 또 누구는 푸른 하늘을 쳐다보았다. 그렇게 며칠이 지나고 서로 떠나온 곳으로 돌아갔다. 그리고 이제 그 기억을 되살려 바람이 걸어오는 제주를 그렸다. 한순간도 세상이 같지 않음을 실감하지만, 그래도 혹시 멈춘 바람이 있으면 좋겠다.

제주,
바람이
걸어오다

차례

권
민
정

제주의 풍경은 아름답다
제주, 풍경 너머를 볼 수 있다면
더 큰 감동이 있다

제주의 색

-

4·3 평화공원에서

-

팽나무가 있는 연못가

-

비양도

-

따라비 오름에 올라

권민정

수필가, 동시 작가

저서: 수필집 《은하수를 보러 와요》, 《시간 더하기》

제주의 색

제주도 서쪽에 위치한 해안 마을에서 잠시 산 적이 있다. 대문 밖을 나서면 밭들이 펼쳐져 있고, 큰 길을 건너면 가까이 바다가 있었다. 새벽에 수탉의 우렁찬 울음소리에 잠을 깨곤 했는데 제주에서도 특히 바람이 센 지역이라 바람소리에 잠을 깬 적도 많았다. 서울에서 늦게 자고 늦게 일어나던 습관도 바뀌어 제주에서는 아침 일찍 산책을 나가 올레 길을 걷곤 했다. 마을에는 할머니들이 많았는데 그들의 부지런함에 매번 놀랐다. 커다란 모자 위에 세수수건을 걸치고 헐렁한 바지에 낡은 셔츠 차림으로 농사용 엉덩이 방석을 깔고 밭에 앉아 아침 일찍부터 일하고 있는 제주 할망들을 볼 수 있기 때문이다.

꾸불꾸불한 밭담과 그 속에서 자라는 작물들이 아름다운 조화를 이루고 어느 곳에서도 볼 수 없는 색의 향연이 펼쳐지고 있는 곳, 현무암 검은 돌과 초록의 조화가 아름다웠다. 비 오는 날 올레를 걷다 보면 평소에는 조금 거무튀튀하게 보이던 현무암이 비에 젖어 새까맣게 윤을 내고, 시원한 빗방울에 식물들은 더욱 싱싱해져 짙은 초록을 띠고 있다. 검은색과 초록의 조화가 더욱 아름다웠다. 나에게 제주의 색은 초록과 검정이다. 사람마다 제주의 색에 대한 이미지는 다르겠지만 유채꽃의 노랑, 바다의 초록과 파랑 때문인지 대체로 초록, 파랑, 노랑이다. 그런데 이번 제주 여행에서 뜻밖의 색을 발견했다. 황갈색이다. 하늘도 바다도 섬도 온통 황톳빛이다.

굵은 줄로 얽은 초가지붕, 태풍으로 쓰러질 듯한 바닷가 주변의 초가, 무너질 것 같이 구멍 듬성한 현무암 돌담, 조랑말, 돌담 위에 앉아 있는 까마귀들, 그림 속 풍경은 분명히 제주다. 제주 밖에서는 볼 수 없는 풍경인데 화폭은 전체가 황갈색으로, 형태는 검은색으로 묘사되어 있는 제주의 풍경들, 서귀포시 기당미술관에서 만난 변시지의 그림이다. 눈부신 태양, 아열대식물의 싱싱한 풍광, 반짝이는 바다, 현란한 색조로 넘실대는 제주에서 어떻게 이런 황갈색의 그림이 나올 수 있을까? 변시지의 그림을 보고 느낀 첫 번째 의문이었다.

그는 20대에 벌써 일본에서 크게 이름을 떨쳤고, 30대에 고국으로 돌아와 서울대에서 학생들을 가르쳤다. 그 후 김환기 등 한국 화가들의 해외 진출 붐이 있을 때 유럽으로 가지 않고 변시지는 고향 제주로 돌아왔다. 6세 때 떠난 제주로 돌아온 것이다. "나는 누구이고 어디에서 와서 어디로 가는가?" 자기 정체성에 대한 의문으로 고민하고, 독창적인 자신만의 그림을 위해 몸부림치다 황갈색과 먹의 색조를 만났다고 한다.

"아열대 태양빛의 신선한 농도가 극한에 이르면 흰빛도 하얗다 못해 누릿한 황토빛으로 승화한다. 나이 오십에 제주의 품에 안기면서 섬의 척박한 역사와 수난으로 점철된 섬사람들의 삶에 개안했을 때 나는 제주를 에워싼 바다가 선뷔석인 황톳빛으로 물들어 감을 체험했다."

그가 유레카를 외치며 했던 말이다.

한라산이 가까이 보이는 곳에 위치한 기당미술관 2층에는 25점의 변시지 그림이 상설전시되어 있었다. 철사처럼 가늘고 긴 인간형상을 만들어 〈걸어가는 사람〉을 조각한 자코메티의 조각을 봤을 때와 같은 감동이었다. 자코메티는 전쟁이 남긴 폐허와 상흔, 허무와 불안을 딛고 인간 본연의 실존과 마주하며 뚜벅뚜벅 걷는 형상을 만들었다. 자코메티가 더 이상 걷어낼 것 없는 인간형상을 만들었듯이 변시지 역시 불필요한 것은 지워 나가는 작업을 한 듯하다. 그의 그림은 선과 형태가 아주 단순하다.

20대 일본에서, 30대 서울에서 그린 그의 그림은 제주의 그림과는 확연히 구별된다. 20대에는 인상파적인 화풍으로, 30, 40대에는 나뭇잎 하나하나를 세듯 극사실주의 그림을 그렸다. 그의 제주 그림은 후반으로 갈수록 더욱더 잡다한 디테일로부터 초월하여 대상의 정수만을 과감히 표출하고 있다.

변시지의 그림 〈더불어〉와 〈그리움〉을 보면 인간 존재의 고독감, 이상향을 향한 그리움의 정서를 느끼게 된다. 그리움이나 이상향을 향한 그림의 화면 색채는 노랑에 가깝다. 짙은 황갈색 화면의 〈풍파〉, 〈폭풍〉 등의 그림은 제주인의 신산한 역사를 보는 것 같다. 한낮의 태양, 구부정한 한 사내, 쓰러져가는 초가, 사내와 마주하고 있는 조랑말 한 마리, 소나무 한 그루, 휘몰아치는 바람의 소용돌이, 파도치는 바다에서도 꿋꿋이 떠있는 작은 조각배 하나, 그의 말대로 척박한 역사와 수난의 섬 제주를 이보다 더 잘 표현할 수는 없을 것이다.

인간에게 산다는 것은 너무 덧없고 허망하다. 인간은 부서질 것 같이 연약하다. 그래도 결코 쓰러지지 않게 단단히 굳은 의지를 다져서 걸어가야 한다는 것을 자코메티는 조각에서 표현했다. 예술품 경매사상 1,000억 원이 넘는 값으로 최고가를 경신했던 작품 〈걸어가는 사람〉이 전 세계인의 마음을 사로잡는 이유일 것이다.

변시지는 아무리 바람이 불고 풍파가 닥쳐도 끝까지 떠있는 조각배처럼 끈기와 강인한 생활력을 가진 제주 사람을 표현했다. 그림에는 없지만 나는 제주 할망을 보는 듯했고, "살암시난 살아져라." 하던 할망들의 말도 들리는 듯했다. 아무리 힘들어도 살다 보면 살아지더라, 그러니 견디며 살라는 의미일 것이다.

우리 앞에 놓인 풍경은 바라보는 사람에 따라 여러 모습으로 보인다. 나에게 제주는 오래전에는 신혼여행지로, 요즘은 한 달 살이 혹은 일 년 살이 하는 낭만의 섬이었다. 아름답게만 보이던 제주의 풍경이 화가에게는 이렇게 폭풍과 풍파의 땅으로 보였다. 눈으로만 보던 제주를 그의 그림을 통해 마음의 눈으로 다시 보게 되었다. 제주는 이웃사람뿐만이 아니라 조랑말까지 친구 되어 더불어 살아가는 순박하고 평화로운 섬이다. 그러나 바람 많고 척박한 자연 속에서 오랫동안 힘겨운 삶을 살았고, 일제강점기에는 특히 일본군에게 강제노역으로 심하게 혹사당했으며, 해방 후에는 4·3 사건과 같은 수난의 역사를 겪은 섬이다. 변시지의 황토색에서 보듯, 채도 높은 노랑에 가까운 색부터 검은색에 가까운 황갈색까지 제주의 색은 그 폭이 넓고 깊다.

✖

4·3평화공원에서

"낮에는 토벌대가 와서 빨갱이랍시고 사람을 죽이고, 밤에는 폭도들이 와서 반동이라면서 죽이고…."

제주에서 잠시 살 때 마을 할머니들에게서 들은 이야기다. 할머니들은 더 이상 이야기를 하려고 하지 않았다. 해안 마을이었기에 중산간 마을에 비해서 피해가 크지 않았는데도 그 기억은 무척 아픈 것이었나 보다. 제주 사람이라면 직계가족은 아니라 해도 친척들의 희생까지 따지면 어느 누구도 4·3사건을 비켜갈 수가 없을 것이다.

이번 제주 여행은 제주에서 30여 년 살다 은퇴하여 제주를 떠나는 심 교수가 안내를 맡았다. 첫날은 '생각하는 정원', '탐나라 공화국'을, 둘째 날에는 서귀포에 있는 미술관들을, 셋째 날엔 '4·3 평화공원'을 갔다. 제주는 40여 년 전 처음으로 신혼여행을 갔었고 그 후에도 수차례 여행했으며 잠시 살기까지 했지만 4·3 평화공원은 처음이었다. 2003년에 평화공원 기공식이 있었고, 2008년에 평화기념관이 개관되었는데 많이 늦었다.

제주시 봉개동에 있는 공원은 넓은 장소에 잘 조성되어 있었다. 기념관은 자료가 많아 4·3 사건을 이해하는 데 도움이 되었다. 가장 가슴 아픈 곳은 위패 봉안실이었다. 넓은 한 벽면을 가득 채운 1만 4,117명의 위패가 모셔져 있는데 그렇게 많은 위패를 본 것도 처음이라 가슴이 꽉 막혔다. 그 한 사람 한 사람이 다 누군가의 어머니, 아버지, 딸이고 아들이었다. 약 85%는 토벌대에 의해 15%는 무장대에 의해 희생됐다고 한다.

평화기념관에서는 4·3의 의인 김익렬 연대장에 대한 자료가 무척 인상적이었다. 김익렬은 4·3 사건이 나던 해에 제주에 주둔했던 9연대 연대장이었던 분이다. 6·25전쟁에 참전하여 큰 공을 세웠고 중장으로 예편하여 국립묘지에 안장되었다. 그는 죽기 전에 〈4·3의 진실〉이라는 실록 유고를 남겼다. 어쩌면 진실에 가장 가까운 기록일 것이다. 그는 생명의 위험을 무릅쓰고 무장대 대장이었던 김달삼과 담판, 평화적으로 사태를 해결하

려고 했었고, 또 회담도 성공적으로 이루어졌다. 그 평화회담대로만 순조로이 진행됐더라면 공권력에 의한 초토화 작전은 없었을 것이고, 제주에 그렇게 많은 희생자는 없었을 것이다. 무고한 양민이 아무 죄도 없이, 영문도 모르고 너무 많이 학살되었다. 그 점이 정말 안타깝다. 그의 화평정책은 미 군정 당국에 의해 거부되었고, 이로 이해 9연대장의 자리에서 해임되는 불운을 겪었다. 어떤 이유에서든 오라리 방화 사건을 일으켜 평화회담을 방해한 세력은 역사의 죄인이 틀림없다.

집으로 돌아와 김익렬 장군의 실록 유고 〈4·3의 진실〉을 찾아보았다. A4용지 46쪽 분량이다. 4·3 사건 당시 제주 상황과 사건 경위 등이 자세히 기록되어 있다. 그는 분명히 4·3 사건은 남로당의 선동으로 폭동이 일어났으며 처음 폭도의 수는 300여 명이라고 적고 있다. 또 폭도들의 만행에 대해서도 다음과 같이 기록한다. "원한에 찬 대중이 무기를 손에 잡으면 상상할 수 없는 만용과 잔인성을 발휘하게 된다. 제주도 폭도들이 바로 그랬다. 기세가 충천하게 되자 예의 만행과 잔인성이 나타났다. 경찰에 협조한 자에 대한 처형은 특히 잔인했다. 남녀를 가리지 않고 부락 입구나 마을 한복판에서 나무에 결박한 후 부락민들을 집합시켜 그들이 보는 앞에서 폭사시키는 만행도 벌어졌다."

그는 폭동의 원인으로 제주도에 이주하여온 서북청년단들이 도민들에게 자행한 빈번한 불법행위(고문치사, 강간 등)가 도민의 감정을 격분시켰고, 그 후 경찰이 서북청년단에 합세함으로써 감정의 대립은 점점 격화되어 급기야 극한의 도민폭동으로 전개된 것으로 본다. 4·3 사건은 결코 공산주의 이념투쟁 폭동으로는 볼 수 없다고 했다. 초기에 현명하게 처리하였더라면 극소수의 인명피해로 단시일 내에 해결할 수 있었던 단순한 사건이라고 나는 확신한다고 김익렬 장군은 기록하고 있다.

4·3 평화기념관 제1전시실 동굴 입구를 들어서면 둥근 원형의 벽으로 둘러싸인 공간이 있다. 천장으로부터 외부의 빛이 쏟아지는데 방 한가운데에는 비문이 새겨지지 않은 백비가 누워있다. 백비로 남아있는 까닭은 4·3이 아직 제 이름을 갖지 못했기 때문이다. 훗날 언젠가는 누워있는 비석이 세워지고, 비문이 새겨질 것으로 믿는다.

팽나무가 있는 연못가

새벽에 눈이 떠졌다. 바람 소리 때문이다. 기와지붕이 날아갈 것처럼 요란한 소리를 내고 있다. 무언가 지붕을 치는 소리 또한 예사롭지 않다. 저러다 지붕이 깨어지는 게 아닐까 걱정이 된다. 집 앞으로는 넓은 마당이 있어 혹 담이 무너지더라도 괜찮지만, 집 바로 뒤에 있는 긴 돌담은 무너지면 집을 덮칠 텐데 하는 데까지 생각이 미친다. 이런저런 염려를 하다가 나는 이 집이 바람 많은 제주에서 수십 년 아무 탈 없이 버텨온 집임을 깨닫고 피식 웃음이 나온다. 육지 사람이 겪는 아파트 아닌 제주 주택 생활의 첫 경험이다. 다시 잠을 청한다. 그러나 잠은 이미 바람과 함께 어디론가 달아나버렸다. 이리저리 뒤척이다 일어났다.

현관문을 열고 밖으로 나왔다. 여름도 아닌 봄철인데 비바람이 태풍 급이다. 앞마당과 그 건너편 빈터 사이에 담 대신 대나무들이 촘촘히 서 있는데, 세찬 비바람에 거의 쓰러질 듯 흔들리며 파도 소리를 내고 있다. 내 잠을 깨운 주범인 지붕 치는 소리는 현관 앞에 심어진 야자나무가 바람에 심하게 흔들리다 지붕과 부딪히며 내는 소리였다. 평소에는 '여기가 제주구나.' 하는 느낌을 주는 나무였는데 키 큰 나무가 세차게 흔들리는 것을 보니 으스스했다. 얼굴에 들이치는 비를 맞으면서 나는 제주의 그 소문난 바람을 온몸으로 느끼며 한참을 바람 속에 서 있었다. 고향 집 뒤에 있는 그 팽나무는 이 세찬 바람 속에서 어떻게 흔들리고 있을까 생각하면서.

오래전 일이다. 내가 제주도에 처음 온 것은 신혼여행 때였다. 제주가 고향인 남편은 제일 먼저 자기가 어릴 때 살던 동네부터 데리고 갔다. 북제주군 한경면에 있는 해안가 마을, 집 앞으로는 신작로가 있고 집 뒤로는 수백 년 된 팽나무와 맑은 연못이 있었다. 남편이 초등학교를 졸업할 때 이미 부모님이 육지로 나가셨기 때문에 고향 집은 다른 사람이 주인이 되어 가게를 하며 살고 있었고, 고향에는 친척 몇 분만 계셨다. 팽나무가 있는 연못가에서 한참을 서성이다 돌아온 기억이 선명하다.

남편이 '폭낭'이라고 부른 팽나무는 매우 잘생긴 나무였는데 아름드리 나무줄기뿐만이 아니라 사방으로 뻗은 가지도 웬만한 큰 나무 줄기처럼 굵고 무성한 잎을 매달고 있었다. 아이들이 나무에 올라가 바람을 가르며 휙 뛰어내리고, 가지를 붙잡고 그 가지가 휘어지도록 그네 타듯이 흔들며 놀았다고 했다. 연못가에는 잠자리가 무척 많았는데 잡은 잠자리 두 날개를 접어 왼손 손가락 사이사이에 한 마리씩 끼고 잠자리 잡으러 뛰어다닌 일, 또 '멋물'이라고 불리던 연못에서 수영하며 놀았던 일 등을 이야기해 주었다. 그 당시 연못가는 개구쟁이들의 좋은 놀이터였다.

여름이면 짙은 그늘이 드리워져 마을 사람들의 쉼터가 되기도 하고 잉어도 잡혔다고 하는 연못은 몇 년 전에 갔을 때는 많이 바뀌어 있었다. 연못은 그 폭과 길이가 반으로 줄었지만, 연못 위에 다리도 놓였고 연못가에는 정자도 세워졌다. 팽나무 주위에는 평상도 놓고 주위를 잘 정비하여 아름다운 공원으로 꾸며 놓았다. 이제는 개구쟁이들이 떠들고 웃던 웃음소리는 들을 수 없지만, 또 다른 아늑함을 느낄 수 있는 장소로 바뀐 것이다. 남편과 나는 똑같은 생각을 했다. 고향 집을 다시 찾을 수 있으면 얼마나 좋을까 하는. 나이 들어 다시 고향에 돌아와 그 집에서 살고 싶다고 생각했다. 그 집을 새롭게 단장하고 뒤쪽으로 커다란 창문을 내어 그 잘생긴 나무와 연못을 보며 창가에서 차를 마시는 꿈을 꾸었다.

남편이 하던 일을 다 정리한 요즈음 제주에 내려와 고향 집과는 조금 떨어진 집에 머물면서 오래된 골목도 걸어보고 팽나무가 있는 연못가에도 자주 찾아간다. 그 나무를 보고 있으면 마음이 편안해진다. 같은 팽나무지만, 언젠가 보았던 제주 출신의 한 화가가 그린 팽나무와는 그 분위기가 무척 다르다. 고향 마을이 해안가라 중산간 마을보다 4·3 사건 때 피해를 덜 입어서일까? 웅어리지고 할퀸 바람의 흔적이 없다. 화가가 그린 팽나무는 혹독한 바람 한가운데 서서 그 가지와 잎이 한쪽으로 쏠려 으스스하게 흩날리고 있었다. 아마 이 마을도 중산간 마을처럼 그렇게 모진 일을 겪었다면 팽나무 역시 그렇게 흠 없이 훤칠한 모습일 수는 없을 것이다.

지붕이 날아갈까 염려가 될 정도로 심하게 불던 그 세찬 바람도 아침이 되자 언제 그랬던가 싶게 잦아들었다. 하늘은 높고 푸르며, 햇빛은 쨍쨍하다. 밤에 무너질까 걱정했던 돌담을 본다. 구멍 퐁퐁 나게 막 아무렇게나 쌓아 올린 것 같은 오래된 이 돌담도 건재하다. 나는 올레 길을 따라 연못가에 간다. 지난밤 비바람을 잘 견뎠을 폭낭이 보고 싶어서.

비양도

코끼리를 삼킨 보아뱀, 《어린 왕자》 속의 이야기를 떠올리며 나는 그 동화 속에 나오는 모자같이 생긴 섬을 바라보고 있다. 제주의 바다 중에서도 내가 가장 좋아하는 협재 바다는 곱고 깨끗한 모래사장과 초록빛 바다, 해변에서 바라보면 마치 중절모처럼 생긴 섬 때문에 언제나 환상적이다.

'저 섬에 가보고 싶다.' 오래전 처음 협재 해변에서 비양도를 바라보며 그런 생각을 했다. 수영을 잘한다면 헤엄을 쳐서 갈 수 있을 것처럼 가까이 보이는 섬이다.

어느 가을이 깊은 날 한림항에서 배를 탔다. 채 20분도 되지 앉아 비양도에 닿았다. 배를 탄 사람도 많지 않았지만 섬에도 사람이 별로 보이지 않고 아주 조용했다. 먼저 114.7m의 비양봉에 올랐다. 비양봉 올라가는 길에 강아지 한 마리가 우리를 따라 왔다. 마치 길을 안내하듯 한참을 앞서기도 하고 따라오더니 어느새 없어졌다. 비양봉 올라가는 계단에서 몇 번을 멈추었다. 계단에 서서 바람에 흔들리는 억새와 반짝이는 바다를 보고 또 보았다. 비양 오름에는 나무는 많지 않고 온통 억새밭이었다. 제주의 가을은 억새로 유명하다. 어디서나 따스한 가을 햇살을 품고 흩날리는 억새를 볼 수 있다. 그러나 평지에서 보는 억새와는 비교할 수도 없이 산등성이 한 면이 거의 다 반짝이는 은빛 물결인 것을 본 것은 처음이었다. 마치 딴 세상에 온 것과 같은 고요함과 따뜻함을 느꼈다.

협재 해변에서 중절모 모양으로 가운데가 움푹 파여 보였던 곳은 분화구였다. 하얀 등대가 있는 비양봉 가는 길에 염소 울음소리를 들었다. 멀리 염소들이 분화구에서 풀을 뜯고 있었다. 등대 앞 언덕에서 저 멀리 한라산과 해녀들이 물질하는 바다를 보며 한참을 앉아 있었다. 사람은 한 명도 만나지 못했다.

보말죽 파는 집이 있어 들어갔더니 아까 우리를 안내했던 강아지가 그곳에 있었다. 사람을 잘 따르는 강아지는 배가 들어오고 관광객이 오면 그렇게 안내를 잘한다고 주인이 이야기해 주었다. 마을 입구에 서 있는 커다란 바위에 '비양도 천년기념비'라는 글이 새겨져 있다. 기념으로 사진을 찍었더니 언제 왔는지 강아지가 내 옆에 서서 같이 사진에 찍혔다. 15년 전 일이다.

오래전에 비양도에서 보았던 그 아름다운 풍경을 또 보고 싶어 비양도 가는 배를 탔다. 배에는 관광객이 많았다. 섬도 조금 바뀌어 있었다. 식당도 더 생기고 뭘 만들려는지 크게 공사하는 곳도 있었다. 비양봉 올라가는 길에 사람들도 몇 명이나 만났다. 우리 앞서 걸어가는 젊은 부부가 있었는데 강아지와 같이 올라가고 있었다. 집에서 키우는 강아지를 여행지까지 데리고 오는 젊은이들이 많아 그런 줄 알았다. 마을은 전보다 조금 바뀌어 있었으나 계단에서 바라보는 바다는 여전히 가슴 설레게 평화로웠다. 호수처럼 고요한 푸른 바다가 햇빛을 받아 반짝이고 있는 풍경을 돌아보고 또 돌아보았다. 그러나 오름에는 억새보다 나무가 많아 기대했던 은빛 물결은 보지 못했다.

보말죽 파는 가게에서 우리 앞서 걸어가던 젊은 부부를 만났다. 강아지와 같이 있었다. 이야기를 나누다 보니 집에서 데리고 온 강아지가 아니고 식당 집 강아지라고 했다. 배에서 내릴 때부터 계속 자기들을 따라다닌다는 것이다. 오래전 나와 같이 사진을 찍었던 그 강아지는 아니다. 그 강아지의 새끼인 것 같은 느낌을 받았다. 다시 한림항으로 돌아가기 위해 선착장으로 나갔더니 강아지가 어느새 따라와 배 타는 앞마당에 엎드려 있었다. 떠나는 사람들을 전송하기 위해서. 강아지는 배가 섬에서 떠날 때까지 그곳에 앉아 있다 돌아갔다.

비양도(飛揚島)는 고려 시대에 산이 바다에서 솟아 섬이 되었다고 한다. 화산이 폭발하여 형성된 것이다. 날아온 섬이라는 이름에는 이런 전설이 있다. 천 년 전, 한림에 살던 한 아주머니가 굉음에 놀라 집 밖으로 나갔더니 중국 쪽에서 한 봉우리가 날아오는데 마을과 부딪힐 것 같아 멈추라고 소리쳤다. 그래서 지금의 자리에 떨어져 섬이 되었다.

비양도는 섬 주위를 한 바퀴 천천히 걸어도 한 시간이면 다 돌아볼 수 있을 정도로 크지 않은 섬이다. 섬에는 자동차 종류는 없고 자전거만 탈 수 있는데 그래서 더욱 고즈넉하고 평화로운 분위기를 느낄 수 있다. 소음도 공해도 없고 깨끗한 바닷물과 풍부한 해산물이 있는 인심 좋은 사람들이 사는 섬이 망가지지 않기를 바라는 마음이 간절하다. 한때 떠돌던 협재와 비양도를 잇는 케이블카 설치 사업 계획이 취소된 것은 얼마나 다행인지 모른다. 비양도는 배에서 내리면서부터 다른 곳에서는 느낄 수 없는 평화를 주는 신비의 섬이다. 그냥 섬 주위를 천천히 걸어도, 언덕에 올라 바다를 하염없이 바라보기만 해도 마음이 깨끗해지는 곳이다.

따라비 오름에 올라

나는 '시간 더하기' 카페에 앉아 있다. 카페에 앉아 여기서 말하는 '시간 더하기'란 도대체 뭘까 그 의미를 골몰히 생각한다. 글자 그대로 시간이 더해지는 것일 수도, 고무줄 같은 시간이니 느리게 흘러 두 배 세 배로 풍요로울 수도, 저 먼 창조의 순간 이후 공간에 시간이 더해져 역사가 만들어졌으니 역사 만들기일 수도 있겠다.

이곳은 제주도 서귀포시 표선면에 있는 가시리(加時里)이다. 제주에서 가장 아름다운 길인 녹산로를 따라 드라이브를 하나가 유채꽃 축제를 하는 현수막을 보고 들어왔다. 축제 기간은 이미 지났지만 아직 끝없이 펼쳐진 유채꽃들, 아마 우리나라에서 가장 넓은 유채꽃밭일 것 같다. 바람 많은 제주에서도 특히 더 바람이 많은 곳인지 이곳에는 풍력발전기가 많다. 바람이 불 때마다 유채꽃이 파도처럼 출렁인다. 그런데 어떻게 해서 이곳은 시간을 더하는 마을이라는 이름이 붙여진 것일까?

이 마을은 고려의 충신 청주한씨 한천이 조선왕조 개국에 불복하여 제주에 유배된 후 처음 살기 시작하여 마을이 됐다. 마을의 기원이 예사롭지 않다는 느낌을 준다. 가시오름(가스름)이 가까이 있어 가시리라는 이름이 정해졌고, 넓은 초원을 이용해 말들을 많이 키웠으며 옛날 임금님께 진상했던 최고의 말을 키우는 갑마장(甲馬場)이 있던 곳이다. 또 따라비 오름을 비롯해 오름이 13개나 있는 곳이다.

4·3 사건 때는 수많은 사람이 억울하게 죽었고, 마을 집들이 다 불타버려 폐허의 땅이었던 중산간 마을이다. 4·3 당시 중산간 마을 82곳 중 100명 이상의 주민이 희생된 마을은 35곳에 달한다. 가시리도 이 중 한 곳이다. 현재까지 421명의 민간인이 희생된 것으로 파악되고 있다. 당시 가시리는 300여 호가 살던 꽤 큰 마을이었는데 마을 사람 3분의 1이 희생됐다. 아버지나 가족 중 한 사람이라도 없으면 도피자 가족이라고 해서 죽였다고 한다. 그래서 어린아이, 노인, 여성의 피해가 특히 컸다. 중산간 마을 중 노형리, 북촌리에 이어 3번째로 양민학살이 많았던 곳이다.

그러나 지금은 다른 마을에서는 거의 다 팔아버린 공동목장을 지켜내어 200만 평이 넘는 마을 목장을 가진 마을이며 그 목장을 이용하여 유채꽃 축제를 한다. 마을 내에는 잔디축구장도 있다. 폐교를 자연사랑 갤러리로 개조하였고, 우리나라 유일의 리립(里立)박물관을 설립한 문화의 마을이다. 마을 아이들은 동시집을 엮어냈다.

수십 년 전, 그들의 부모세대에서 타인에 의해 시간을 빼앗긴 한(恨) 때문일까? 그 후손들은 스스로의 노력으로 마치 시간을 더한 것 같은, 더불어 풍요로운 삶을 누리고 있다. 이곳은 이제 슬픔을 딛고 희망을 일군 마을이 되었다.

나는 가만히 생각한다. 절망적인 일을 당한 누군가가 이곳에 와서 희망을 찾을 수 있기를. 제주의 수많은 오름 중에서 가장 아름답다는 '따라비 오름'에 올라가 가슴속까지 시원해지는 바람을 맞는다면, 테우리의 노랫소리를 들으며 광활한 평원을 달리는 말들을 본다면, 유채꽃과 벚꽃이 환상적으로 어우러진 녹산로 길을 걷는다면, 바람 부는 날 들판 가득 은빛 억새가 흔들리는 신비한 풍경 속으로 천천히 걸어들어 간다면, 하루에 또 하루가 더해지는 그런 기적 같은 일이 현실이 될 것 같은 환상에 빠진다.

권
태
숙

수필을 쓰기 시작한 지 참 많은 세월이 흘렀습니다
글 쓰는 일도 다른 일처럼
끊임없이 노력해야 한다는 것을 느낍니다
아쉬움 속에서

제주 단상

-

이제는 너희 차례야

-

그때 무모했지만

-

제주에 부는 바람

권태숙

수필가, 《계간수필》 편집주간

저서: 수필집 《그녀의 변주곡》

제주 단상

제주는 내게 설렘이다.
그리움이다.
한참 못 보면 눈앞에 어른거린다.

하늘과 닿으려는 야자수
옥빛으로 코발트색으로 넘실대는 바다
엄마의 품처럼 푸근한 오름의 능선
까만 돌들이 어깨를 맞대며 이룬 담벼락
그 성긴 돌들 사이로 드나드는 부드러운 바람
바다를 뒤집을 듯 휘몰아치는 파도
원시의 그곳을 생각게 하는 숲

검은 화산석의 신묘한 모습

……

그리고 웃음 주는 제주 아주망의 말

"덩달앙 나 모심도 푸리다."

그들이 나를 부른다.

이제는
너희 차례야

"지인이 한 달 살이 하고 싶다는데, 거기 요즘 비어 있어?"

"아니, 집 철거했어."

"뭐라구, 무슨 시추에이션?"

오랜만에 대학동창에게 연락을 했더니 리모델링하려고 손을 댄 집이 무너졌단다. 이제 설계 마치고 업자를 찾는데, 건축 자재 값이 많이 올라 걱정이라고 언제 완성될지 미지수란다.

그 집은 꼭 제주를 말했다. 검은 화산석으로 쌓은 돌담이 마을 입구부터 이어져 있고 승용차가 겨우 들어가는 좁은 길도 당근 밭을 좀 끌어와서 넓힌 결과물이었다. 집 주위에는 아름드리 비자나무 동백나무들이 둘러져 있어 바다는 생각도 나지 않는 곳이었다. 그래도 집에서 15분만 걸으면 옥빛 바다가 펼쳐졌다. 그 바닷가에는 요즘 멋진 카페들이 갈 때마다 새로 생긴다.

340평 대지에, 150년 전 동기의 증조할아버지가 지은 집은 문지방이 어른 발 높이만큼 높고 자그만 방 두 개 사이에 대청마루가 있는 일자형 집이다. 방 옆에 있는 부엌을 입식으로 고치고 욕실 겸 화장실을 옆에 달아내어 드는 사람이 편하게 했다. 초가를 빨간 슬레이트지붕으로 바꿔 얹어 하얀 페인트를 칠한 벽과 초록의 잔디와 그림처럼 어울렸다. 넓은 안마당에 그네가 흔들리고, 한쪽 구석에는 나무 식탁과 화덕이 있어 불멍도 때리고 고기도 구울 수 있다.

앞마당에서 서너 개 돌계단을 오르면 안마당보다 큰 채마밭에 온갖 야채가 자란다. 그곳에서 자라는 푸성귀를 따다 자연주의 밥상을 차려도 좋다. 밭 둘레와 집 어귀 돌담 앞에는 계절 따라 꽃들이 환하게 웃었다. 어느 해 가을에 들렀을 때는 샐비어가 축제를 벌여서 어릴 때 생각하며 꿀도 따먹었다. 아들 가족과 함께 간 여름날, 두 돌짜리 손녀는 높은 문지방 넘는 재미를 들여 어른들에게 웃음과 불안을 안겨 주었다.

그런 집이 되기 전, 2000년에 두 채 중 한 채가 불이 나서 폐가로 두었다. 동창은 아파트에 살면서 가끔 관리를 하다 신경 쓸 일이 많아 팔았는데, 계약하고 온 날 밤새 잠이 오지 않았다. 초

등학교 졸업 때까지 살던 온갖 추억이 서린, 유난히 나를 아꼈던 할아버지가 나한테 바로 물려준 집인데, 이리 쉽게 처분하다니. 결국 다음 날 아침에 해약을 해버렸다. 지금 생각하면 터무니없는 금액이었고, 백 번 생각해도 잘한 일이었다. 집을 수리하고 쉼터로 쓰고 있는데, 서울 사는 아들 친구들이 휴가를 보내곤 하다가 알음알음으로 소문이 나서, 7년 전 민박허가를 냈다고 한다.

재작년에 갔을 때 들은 말이 생각난다.
"며느리가 자꾸 리모델링해서 좀 근사하게 만들고 싶어 해. 땅이 넓은데 집이 너무 작아 손님도 한 팀밖에 받을 수 없다고."
"며느리가 경영 마인드가 있네. 사실 맞는 말이지. 본인이야 교장 퇴임 연금 있고 그저 소일거리 삼아 하지만. 그래서 뭐라고 했는데."
"난 이제 몸도 힘들고 나중에 너희 차례가 되면 알아서 해라. 그랬지."

70 고개를 넘고 허리수술까지 받은 그가 결국 배턴 터치를 한 모양이다. 증조에서 조부로 그리고 아버지를 건너온 대물림 집. 개발 붐을 타고 땅값이 올라 주위가 다 외지인들의 소유가 되어

한때 헤어지려 했던 고향집. 순간의 유혹을 물리치고 지켜낸 그도 세월의 순리를 따를 수밖에 없나 보다.

대구의 국립사대로 유학을 와서 제주 사투리로 웃기곤 하던 풋풋한 청년이 보인다. 그의 카톡 프로필 사진에 있던, 아들 며느리 손자들이 오버랩된다.

며느리에겐 꿈이 많다고 했다. 그 꿈을 실현하는 노력은 그들의 몫이다.

그때 무모했지만

로봇청소기 사용설명서를 찾는데 사진 한 장이 보였다. 옆에 있던 앨범에서 빠진 모양이다. '한라산 백록담'이란 큰 표지판 앞에 선 우리 가족의 모습. 나와 남편은 약간의 미소를 띠고 두 아들은 입을 일자로 다물고 무표정하다. 아이들은 반바지에 양말 위의 샌들 차림이고 남편은 긴 면바지, 나는 흰 면바지를 종아리까지 걷어 올리고 운동화를 신었다. 모자는 다 썼네. 그때 일이 떠오르며 웃음이 난다.

내가 왜 그런 생각을 했는지 자세히는 모르겠다. 1995년 8월, 아이들과 두 번째 제주도를 가면서 이번엔 한라산에 올라 백록담을 보아야지 하는 마음을 먹었다. 중1 고1 두 아들이나, 일요일이든 공휴일이든 일이 생기면 사무실에 나가는 공직자이지만 가족 휴가는 꼭 함께 간 남편도 나의 계획에 반대하지 않았다.

두 아이가 초등학생이던 첫 번째 여행에서 차를 타고 다니며 관광을 하고 바다에서만 놀았기에 이제 좀 컸으니 그래야 한다는 생각이 들었던 것 같다. 지금 생각하면 참으로 무모하기 그지없는 행동이었다. 아마 무식함이 용기를 내게 만든 것이 아닐까. 아니면 젊음(지금보다는 어렸으니)이 저지른 만용이라 해야 할까.

그때까지 우리 가족은 아무런 산에도 정상까지 가본 적이 없었다. 산이라야 계곡에서 더위를 식히거나, 사찰이 있는 중턱까지 가거나, 시부모님 산소가 그나마 소도시 변두리 산꼭대기 근처여서 1시간 반 정도를 올라가본 것이 고작이었다. 해서 우리는 등산복이나 스틱, 등산화까지 장거리 산행을 위한 어떠한 물품도 갖추지 않았다. 여름날 여행하기 편한 일상복과 아들 배낭 하나에 물과 간식을 넣었을 뿐이었다.

하필이면 그해 다른 곳은 다 휴식년이었고 가장 긴 성판악 코스만 열려 있었다. 편도 9.6km, 소요시간 4시간 반이라는 안내판의 글귀가 좀은 염려가 되었지만 가벼운 걸음으로 시작했다. 우리나라(남한) 최고봉을 간다는, 무언가 해낸다는 뿌듯함 같은 게 작용하지 않았을까 싶다.

출발 전에 입구에서 "오이 사세요. 오이~." 외치는 장사꾼이 있었지만 그런 걸 왜 사나 싶어 그냥 갔다. 요즘 내가 산에 가며 곧잘 가져가는 음식 중 하나지만, 27년 전, 산을 다녀본 적이 없는 우리에겐 뜬금없는 물품이었다.

여느 산과는 너무도 다른 곳이 성판악 코스였다. 산이라면 으레 골짜기가 있어 나무가 그늘을 만들고 흐르는 물에 손이랑 발도 담그는 것이 예사인데 그런 어떤 것도 없고 그냥 돌 산길이었다. 땡볕에 계속 이어지는 오름길은 금방 지치고 옷은 땀범벅이 되었다. 그나마 다행인 것은 짊어질 배낭이 하나라 교대로 메고 가니 짐이 가벼운 것이었다. 하지만 물이 너무 부족했다. 아까 사지 않았던 오이가 자꾸 눈에 어른거렸다. 그래도 입구 매점에서 산 김밥을 비닐 봉투에 나누어 들고 간 것은 다행이었다.

중학교부터 살이 오른 큰애는 조금씩 키로 바뀌며 길어지기 시작했지만, 더위와 산행을 몹시 힘들어했다. 말없이 가다가, "엄마, 여길 왜 오자고 했어요." 한마디 했다. 그 말이 나올 쯤 나도 다리뿐 아니라 허리까지 너무 아파 걷는 것인지 끌려가는지 모를 정도였다. 쉴 곳이 적당하지 않았고 내려올 시간을 생각해서 충분한 휴식 없이 강행군한 탓도 있었다. 모든 것이 정보 부족, 준비 부족으로 덥석 행동한 때문이었다.

높이 오를수록 운무가 끼어 듬성듬성 세워둔 목책 밖은 위험지대였다. 그래도 더위는 한결 누그러져 오를 만했다. 낮게 풀들이 자라는 흙길이라 자갈밭을 오를 때보단 기분도 나아졌다. 고지가 저기 보인다는 희망도 한몫했다. 한편으론 불안감이 자욱한 안개 속으로 살살 피어오르기도 했다. 혹시 백록담을 못 보는 것은 아닐까 하는 걱정이 정상에 가까울수록 마음에 드리워졌다.

하지만 기우였다.

드디어 정상. 아! 운무가 걷혔다. 비탈진 곳에 초록의 풀밭들이 드러났다. "야, 노루다아." 작은애가 소리쳤다. 여기저기 풀을 뜯는 노루들이 보이고 그 아래 맨 밑에 물이 고여 있었다. 조금, 아쉽게도 분화구 바닥의 웅덩이처럼 보였다. 한여름 태양이 운무를 말끔히 쫓아내고 백록담의 맨 얼굴을 그대로 보여 주었다. 사진에서 보던 것보다 물이 적었다. 그래도, '아, 우리가 해냈구나, 1950미터 한라산 정상에 섰구나.' 아픈 다리도, 허리도 누그러졌다. '말로만 듣던 신비로운 백록담을 보다니.' 감동이 온몸을 적셨다.

지금 사진을 보니 이건 나만의 생각이었고 아이들은 그저 힘들기만 했던가 싶기도 하다. 방학 때마다 경주 부여 동해 남해 서해안, 섬들, 유적지 명승지 참으로 많이 다녔는데, 거의가 나의 주도로 이뤄진 여행이라 아이들은 어땠는지 새삼 궁금하다.

그래도 아들이 손녀들 데리고 곧잘 나가는 걸 보면 나쁘진 않았겠지 위안을 삼는다.

요즘처럼 인터넷으로 정보를 쉽게 얻을 수 있는 시대가 아니었다. 이런저런 한라산에 대한 지식이 있었다면 무작정 애들을 데리고 오르지 않았을 것이다. 그래도, 젊음의 무모함이 시켰다 할지라도 잘 갔었다는 생각이다. 친구의 남편은 두 번을 올라갔지만 백록담을 보지 못했다. 운무가 길을 열지 않으면 볼 수 없는 고산을 한 번 가서 보았다는 것은 크나큰 행운이 아닌가. 더구나 가족 모두 함께 보았다는 것은.

⁂

제주에 부는 바람

설 연휴가 지나고 6일째다. 제주의 하늘은 쾌청하고 비행기는 가볍게 내려앉았다. 휴가를 제주에서 즐기고 귀가하려던 여행객들은 며칠씩 눈보라와 돌풍에 갇혔다고 했다. 혹 바람이 심술을 부릴까 어제까지 걱정했는데 기우였다. 제주의 삽상한 바람은 우리를 부르고 있었다.

채도 높은 군청색 하늘을 배경으로 야자수가 솟았다. 그 아래, 화산석이 이끼를 옷으로 입고 잘 가꾸어진 잔디밭에 듬성듬성 앉았다. 조그마한 검은 돌들은 어깨를 맞대고 직육면체 받침대로 만들어져 분재화분을 이고 섰다. 분재가 된 해송은 유연한 몸놀림을 자랑한다. 매화는 가지마다 부푼 봉오리를 매달고 넘치는 모성을 보여준다. 모과분재는 자그만 키와 달리 우람한 몸

체에서 과분하게 많은 가지를 뻗쳐 낯선 모습이다. 키우는 자에 따라 이렇게 다른 모습을 하다니.

길옆으로 현무암을 층층이 쌓아 만든 인공 폭포에서는 장쾌한 소리를 내며 쏟아져 내리는 물줄기가 햇빛을 받아 반짝인다. 또 다른 곳에는 불멸의 나무가 된 규화목(硅化木)들이 나무인 듯 돌인 듯 신기한 모습으로 손을 맞아준다. 돌다리가 걸쳐진 연못에는 비단잉어들이 활기차다. 정원수와 분재, 괴석과 수석 돌담이 잔디광장과 오름의 여백에 따라 조화롭다. 시간이 허락하면 종일 쉬엄쉬엄 둘러보고 또 벤치에 누워 하늘의 푸름 속으로 빠져도 보며 그렇게 있고 싶다.

'생각하는 정원'이란 이름으로 1992년에 개원한 이곳을 만든 분은 서울에서 유명 양복점을 경영하셨다는 성범영 옹이다. 1968년, 전기도 수도도 없는 가시덤불로 덮인 제주시 한경면 저지리에 와서 13,000평이나 되는 땅을 세계적인 정원으로 탈바꿈 시킨 그의 노력과 고초를 어찌 다 상상할 수 있을까. 그를 불러들여 엄청난 역사(役事)를 이루게 한 힘은 무엇일까.

탐나라 공화국에 입국하려면 비자 확인을 받아야 한다. 제주시 한림읍 금악리에 있는 이 나라는 입장료를 내면 국민여권을 발부해 준다. "상상과 창조의 자유를 함께 누릴 수 있는 멋진 권리를 공유합니다." 여권에 명시된 것처럼 그곳은 별천지다. 이

나라의 건축자재는 거의 재활용품이다. 신품이 있다면 건물을 짓고 남은 타일이나 벽돌들, 디자인이나 크기 등이 다른 곳에 쓸 수 없어 버려질 물건들뿐이다. 소주병 맥주병 도자기나 항아리 조각들이 황토 속에 무늬가 된 담벼락, 폐자재 철근들로 만든 원뿔 세모뿔 층층이 올라간 네모기둥 같은 조형물들, 제주에 흔한 화산암들이 특이한 모습으로 시선을 끈다.

그중 압권은 저만치 언덕 위에 우뚝 선 돌탑이다. 이곳에 흔하디흔한 작은 돌들을 모아 쌓은 다른 탑들과 흡사하다. 특이한 점은 높이의 삼분의 일쯤 되는 하단 부분은 원통형이고 그 윗부분은 원뿔 모양의 탑이 우람한데 하단 가운데 사각형의 큰 구멍이 있어 파아란 하늘을 담고 있는 점이다. 조그만 돌을 쌓아서 엄청 두꺼워진 곳을 어떻게 뚫었을까. 의아했는데 실제는 구멍이 아니고 네모난 거울을 붙였단다. 우와~ 탄성이 절로 나온다. 반대편 하늘이 반사되는 모양을 멀리서 보면 알아챌 수 없다. 그 아이디어에 놀라며 이 탑이 공화국의 상징이라 느꼈다. 상상을 현실로 이루어가는 상상나라. 건물 안에 들어가면서 또 한번 입이 벌어졌다. 천장 높은 홀이 2층으로 이어지며 벽은 온통 책이다. 모두가 헌 책. 아래층 서가만도 15단으로 쌓아졌다. 마음대로 빼 볼 수 있는 도서관이다. 곳곳에 장식된 공예품, 그림, 조각 모두가 새로운 시각, 독특한 방법으로 만든 것이다.

3만 평, 나무도 물 한 방울도 없는 돌산 황무지에 공화국을 세운 사람은 홍대 미대를 나온 강우현이다. 적자로 앞날이 막연하던 남이섬 유원지를 일본에서도 동남아에서도 줄지어 찾아오는 유명 관광지로 탈바꿈시킨 장본인. "아무것도 없으니 아무것이나 해도 되겠다. 나는 이 땅의 척박함이 좋다." 말하며 2014년 남이섬 대표이사직을 버리고 제주 사람이 되었다. 여권을 주는 입국장, 하늘물(빗물) 모아 연못 만들어 물고기 기르고, 흙 모아서 풀 나무 심고, 현무암을 가마에 넣어 용암으로 되돌리고…. 그의 상상과 창의력이 만든 공화국이다. 앞날이 보장된 자리를 떨치고 이곳에 정착한 그를 움직인 힘은 무얼까.

제주의 바람은 사람을 부른다. 지인의 딸은 초등학교 교사다. 편한 서울 생활을 접고 제주의 조그만 학교로 옮겼다. 오랜 친구는 퇴임하고 한 달 살기를 하러 왔다가 집을 샀다.

내가 제주에 처음 왔을 때가 생각난다. 1989년 8월, 공항 밖으로 나왔을 때 맨 먼저, 하늘 속으로 높이 솟은 야자수가 먼 이국에 온 듯 설렘을 주었다. 서울처럼 끈적한 바람이 아닌 훈훈하고 고슬한 바람, 옥빛으로 빛나던 바다, 낯설어 반가운 식물들, 푸근한 오름. 휴가를 마치고 돌아가며 나의 최애 땅이 되었다.

제주에 부는 바람은 그냥 스러지지 않는다. 손짓을 한다, 머얼리 육지를 향해. 제주가 있다고, 제주가 있다고.

김
경
혜

'나'라는 필터를 통해 삶을 새롭게 보는 작업이 수필 짓기라면,
제주라는 필터를 통해서는 존재의 시종,
삶의 깊이와 넓이를 깨닫게 됨으로써 나를 새롭게 짓는다
제주의 파도 소리는 잃어버린,
나였던 나를 기다리는 내 그리움이 부르는 소리였을까

할머니의 젖은 손

-

살아가라, 눈부실 날들이여

김경혜

수필가

전 월간 《경영과 컴퓨터》 데스크 역임

할머니의 젖은 손

이번 제주 여행에서 내 마음을 가장 붙든 것은 뜻밖의 장면 속에 있었다.

일정을 모두 마치고 제주공항으로 가기 전, 일행과 함께 동문시장에 들렀다. 제주에 사는 지인의 단골 가게로 안내되어 저마다 갈치를 주문하고 기다렸다. 일을 도와주던 이가 자리를 비웠는지 할머니는 혼자 주문을 받고, 생선을 다듬고, 포장했다. 더는 감당할 수 없는 상황이 되자 할머니는 아들에게 전화해 달라고 옆 가게의 직원에게 큰 소리로 부탁했다. 양손에 고무장갑을 끼고 일을 하기는 불편하셨는지 오른손에만 고무장갑을 끼고 있었다. 생선을 다듬고, 찬물로 씻어내느라 벌겋게 얼고, 허옇게 불은 손. 고단했던 세월의 흔적이 새겨진 듯, 마디마다 울퉁불퉁해진 할머니의 왼손이 눈에 들어왔다.

순간, 통증 같은 서러움이 가슴을 스치고 지나갔다.

그냥 서 있기도 추운 날이었다. 할머니의 손에 쏟아지는 찬물은 보고만 있는 내게도 한기를 느끼게 했다. 저 손 위로 어떤 일들이 스쳐 지나갔을까. 몇십 년은 족히 다듬었을 많은 생선. 그것들을 씻어내기 위해 사용했던 엄청난 양의 찬물을 견뎌내야 했을 테고, 제주의 겨울바람이 젖은 손을 얼게 해도 당신을 바라보고 있는 얼굴들을 차마 외면하지 못했으리라. 흐르는 물속에는 할머니의 젊음에 달라붙었던 외로움도 함께 씻겨나갔을까.

내 마음에 찍힌 '이미지' 너머로 주인공의 일생을 섣불리 그려보고 있을 때, 아들이 등장했다. 할머니의 곱지 않은 시선에 아들은 어머니를 힐끗 쳐다보다 이내 고개를 돌린다. 밀려드는 주문에 애타던 노모의 마음을 알아차리지 못한 듯, 머리가 희끗한 아들의 모습이 느긋하다. 할머니의 입 안에서만 맴돌았던 말은 '대체 어디 가서 뭘 하다 이제 오냐.'였을까. 아들도 하고 싶은 말이 있었을 테지, '잠깐 자리를 비우면 꼭 이렇게 된다니까요….'

시간이 흐른 뒤에 아들은 알게 될까.

그때 어머니에게 좀 더 빨리 달려갔더라면, 어머니의 마음의 주름을 펴는 한순간이 될 수도 있었다는 것을….

어머니가 그 젖은 손을 가슴에 품고 사노라면, 겨울바람이 유난히 더 시리게 느껴질 수 있었다는 것을….

할머니의 손을 계속 바라보다 문득, 매년 겨울이면 익숙했던 엄마의 모습이 떠올랐다. 백 포기의 김장 속에 넣을 무채를 썰고, 설이면 한 '다라이'나 되는 가래떡을 썰던…. 엄마가 하얗게 밤을 새워 떡을 썰고 있을 때 나는 거드는 시늉을 하다 분명히 잤을 테고, 무채를 썰고 있을 때는 칼 소리가 시끄럽다며 불평이나 해댔을지도 모르겠는데, 엄마는 마치 아무 말도 못 들은 사람처럼 계속 무를 잘랐으리라.

무는 그저 무일 뿐이지만, 길린 무와 무 사이에는 엄마의 잃어버린 시간과 꿈이, 사랑이, 슬픔이 켜켜이 스며들었을 것이었다. 잘 버무려진 김장 속이 되어 내 안으로 들어왔을 엄마의 사랑과 꿈은, 내 삶을 감싸주고 희망을 품게 해, 때론 나를 들어 올리고 때론 내 등을 밀며 앞으로 나아가게 했을 것이다.

내가 자식이었을 때 나를 채운 팔 할은 철없음과 망각이었다. 엄마를 둘러싼 상황을 헤아리지 못했거나, 결코 잊어서는 안 되는 '언 손'이 있었음에도 늘 잊고 지냈다. 그러다 자식을 낳고 자식이라는 그 거울에 내가 비춰짐으로써 비로소 깨닫고 기억하게 되었으니, 대를 이어 흘러가는 이 덧없음을 어찌하면 좋을는지….

지금은 또렷이 기억하고 있으나 나는 또 쉬이 잊어버릴 텐데, 할머니의 젖은 손을 카메라에 담아 두지 않은 걸 후회하고 있다. 지나가 버린 시간은 되돌릴 수 없다는 것을 이젠 잘 알고 있기에.

✖

살아가라,
눈부실 날들이여

파도의 일렁임도 깊은 바닷속을 뒤집지는 못했다. 속을 알 수 없어 애태우기는 저나 나나 마찬가지였다. 그러나 제주 김녕의 바다여서였을까. 침묵하던 그 바다가 말을 걸어왔다.

성곡 미술관 앞을 지날 때였다. 그녀가 불쑥 자신의 얘기를 했다. "언젠가 아들이 그러는 거예요. 냉기가 흐르는 이 집에서 살면서 나는 뿌리가 없이 둥둥 떠다니는 것 같았다고."

30대가 된 그녀의 아들이 예전에 자신이 그랬었노라고, 방황을 끝내고 돌아와 엄마에게 어렵게 한 말이었다. 돌, 무거운 돌이 내 가슴에도 얹혔다.

중학생 아들에게 전해지던 그 냉기는 내게도 익숙한 것이었다. 뿌리가 없이 떠다니는 것 같아 스스로 서 있기 힘들었을 때 마음속의 슬픔을 키우며 나를 옥죄었던 것, 그것은 집안을 감싸고 있던 냉기였다.

가혹할 정도로 그녀를 괴롭혔던 시어머니, 그런 어머니 쪽에 더 다가서 있던 남편. 아내를 이해하지 못하고, 힘듦을 내색하면 받아주지 않았던 남편과의 관계가 원만하지 않았다. 늘 긴장하고 감정을 억압한 채 살아야 했다. 기진맥진해 웃음기 사라진 엄마의 기분을 살피고, 냉랭한 부모의 관계를 느끼며 아이들의 불안과 두려움은 커져 갔다. 편안한 집안 분위기가 언제 다시 냉기가 흐르는 곳으로 급변할지 몰랐기에….

무심하게 툭, 던질 얘기는 아니었으나, 더는 마음에 담고 있기 힘든 모양이었다. 무표정한 그녀의 얼굴에서 가끔 서늘함이 느껴질 때면 마음이 쓰였다. 어디라도 앉아 얘기를 들어주어야만 할 것 같았다. 하지만 근처 유명한 카페는 이미 빈 자리가 없었고, 일행은 멀찌감치 앞서가고 있었다. 무리하게 자신의 입장을 고수하는 일이 없는 그녀는 그날 더이상 자신의 얘기를 내어놓지 못했다.

Bakery

아름다운 5월의 제주로, 그런 그녀와 여행을 떠났다.

창가에 앉아 물끄러미 녹색의 바다를 바라본다. 여행 이튿날, 아침 일찍 찾은 함덕 바닷가의 카페. 아무것도 없는 듯 보이는 저 바다의 무(無)가, 보이는 것만이 전부가 아니라는 듯 그득함을 건네준다. "문득 공(空)의 자리에 충만이 들어앉는다."는 장 그르니에의 절묘한 말이 이 느낌이었을까 싶다.

진동벨이 울렸다. 그녀가 벌써 걸음을 옮기고 있다. 통창으로 보이는 바다와 더할 나위 없는 커피, 갓 구운 크루아상의 향기가 부추겼을까. 긴 얘기 보따리가 풀렸다. 안에 웅크리고 있던 해결되지 않은 감정들이 앞다투어 나오는 동안 함께 울고, 서로의 편이 되어 주었다. 시어머니에게 당하기만 하던, 남편이 내 방패막이 되어 주기를 원하던, 내 삶의 경계를 넘나드는 이들을 막아내지 못하던 과거의 나는, 오늘로 저 바다로 떠나보내자고. 적어도 내 불행을 내가 불러오는 일, 상처를 혼자서만 가슴속에 묻어버리는 일은 더이상 하지 말자고 약속했다. 내 삶의 주인은 내가 될 것이라고 말하는 그녀와 나의 눈빛을, 바다가 보았다. 제주의 오늘, 함덕에서의 이 시간을 잊지 말자고 하는 우리의 모습 또한.

김녕의 바다를 바라보는 시간, 자연과 접속하는 그 시간을 통해 나는 느낄 수 있었다. 내 안의 소란도 어느새 잠잠해지고 가슴속엔 희망의 빛이 번져 가고 있음을….

깊은 내면의 바다에서 소리가 들려왔다. '멈추어라, 고통의 순간이여. 살아가라, 눈부실 날들이여.'

환상처럼 한 장면을 떠올린다. 1월의 어느 날, 지구 반대편의 어떤 이가 바닷가에 앉아 있고, 불현듯 "조용히 네 안의 소리에 귀 기울여 봐." 하는 소리를 듣는다. 바다가 말을 걸어온 순간이었다. 내가 그랬듯, 그의 마음도 젖어 들기를….

김녕의 바다에 서 있던 날 아침, 나는 몇 년 전 함덕의 그 파도 소리를 함께 들었다.

김
희
재

인일여고 복도에서 내다보면 늘 바다가 보였다
먼빛으로 보는 바다는 항상 가슴에 터질 듯이 노을을 껴안고 있었다
내가 바다를 떠올릴 때마다 석양빛이 함께 따라오는 것도
그때 운동장 너머에 누워있던 바다 때문인가 보다
바다는 내 고향이고, 그리움을 담아내는 그릇이다

이상하고 아름다운 케렌시아 Querencia

-

속 썩은 매화 梅花

-

말 한마디 나누지 못한 사이지만

-

쇠소깍

김희재

수필가, 한국어교육 전문가

저서: 산문집 《죽변기행》

여행에세이 《끝난 게 아니다》

브런치북 《고생은 많았지만 그래도 행복했다》, 《마음이 고플 때 여행을 떠납니다》 외 다수

이상하고 아름다운 케렌시아 Querencia

이름도 생소한 그곳은, 버리면 쓰레기가 될 물건들을 재활용하여 건설한 공화국이었다. 제주도 주민인 심 교수가 이번 여행을 주선한 덕분에 공화국 대표가 직접 영접해 주었다. 마침 사람도 별로 없어서 우리끼리 오붓한 시간을 가질 수 있었다.

제주도 땅에다 버젓이 딴 나라를 세운 강우현 대표는 아주 엉뚱한 분이다. 멀리서 보면 별 쓸모가 없어 보이는 평범한 오름에다 '탐나라 공화국'을 만들었다. 그리 크지 않은 규모의 이상하고 아름다운 상상의 나라였다. 엄연한 입국 절차를 거쳐야 했다. 입장권 대신 여권을 만들고 비자를 받았다.

〈Rethinking Everything〉이 건국 이념이었다. "탐나라 공화

국은 직원들의 손끝 정성과 재활용으로 땀방울을 담아 조성되어 가는 공간입니다."라고 씌어 있다. 손끝 정성과 재활용, 땀방울이라는 어휘에 방점이 찍혔다. 모든 사물과 공간에 대해 다시 생각하고, 재활용을 넘어 재창조에까지 이르려는가 보다.

탐나라 공화국의 강우현 대표는 생각하는 건 뭐든지 이루어가는 소셜 디자이너(social designer)이자 상상테크 전문가다. 일찍이 남이섬에다 '나미나라 공화국'을 세운 창조적인 관광경영인이다. 그는 뛰어난 감각으로 여러 형태의 공간을 예술적으로 아름답게 조성했다. 아직도 꿈과 열정이 대단하여 남들은 은퇴할 나이에 제주도로 내려와서 새로운 공화국을 건설하고 있다.

우리와 처음 만나는 순간부터 강 대표는 어마어마하게 많은 말을 쉴 새 없이 쏟아냈다. 잠시도 쉬지 않고 혼자 묻고 대답했다. 생각나는 대로 거침없이 빠르게 설명을 이어갔다. 그의 이야기는 일정한 궤도 없이 제멋대로 널을 뛰었다. 농담인지 진담인지도 구분하기 힘들었다.

그는 지금 하늘 분양사업을 진행하는 중이라고 했다. 준비된 필지가 매진되기 전에 얼른 계약하라는 말에 여기저기서 실소(失笑)가 터져 나왔다. 그래도 아랑곳하지 않고 그는 진지한 얼굴로 말했다. 하늘 주소를 알고 있으면 후일에 자손들이 조상을 기리기도 쉽다고. 대놓고 사기를 치는 것 같은데도 묘하게 설득력이 있다. 지금은 한 필지에 단돈 삼백만 원이지만 앞으로 얼마가 될지는 아무도 모른다며 너스레를 떨었다.

구체적으로 하늘을 나누는 방법까지 제시했다. 공중에다 레이저빔을 쏘아 올려서 구역을 나누고 번호를 매기면 된다고 말이다. 대동강 물을 팔아먹었다는 봉이 김선달이 울고 가겠다. 터무니없는 이야기를 그럴싸하게 하는 그의 입심이 보통이 아니다. 하늘 분양사업을 다 마치고 나면, 땅속 공간도 잘라서 팔 예정이라고 했다. 천국과 지옥 개념은 절대로 아닌데 자연스레 죽음 너머의 세계를 생각하게 되었다. 나도 이참에 하늘 주소를 미리 확보해 둘까 하는 생각이 잠시 스쳤다. 모든 것이 다 메타포였나 보다.

강 대표는 머잖아 이 세상에서 책이 영원히 사라지고 말 것이라 믿고 있었다. 종이로 만든 책은 전자책에 밀려서 박물관 유물로만 남으리라 예측했다. 그래서 헌책들을 모아서 이곳에다 도서관을 지었다. 상상을 초월하게 아름답고 큰 '헌책도서관'에 들어서는 순간, 나도 모르게 숨이 턱 막혔다. 가지런히 잘 정리된 책에서 뿜어져 나오는 에너지가 어마어마했다.

나무로 튼실하게 짠 거대하고 정갈한 서가(書架) 앞에 서니 생

명의 에너지가 확 느껴진다. 편안하면서도 압도되는 느낌, 황홀한 충격이다. 마치 애타게 찾던 나의 케렌시아에 들어선 기분이다. 가만히 눈을 감고 깊은숨을 들이쉰다. 바싹 메말랐던 내 영혼의 우물에 다시 물이 차오르는 것 같다.

스페인어로 케렌시아(Querencia)는 피난처, 안식처라는 의미다. 투우 경기장에서 투우사와 마지막 결전을 앞둔 소가 잠시 쉬는 곳이라는 뜻이기도 하다. 소와 사람이 싸우는 투우장에는 소의 눈에만 보이는 안전한 구역이 있다. 투우사가 던진 예리한 칼 여러 개가 소의 목덜미와 등줄기에 꽂히면, 지칠 대로 지친 싸움소는 최후의 공격을 하기 전에 자신이 정해 놓은 장소로 가서 숨을 고르고 힘을 다시 모은다. 그곳이 바로 케렌시아(Querencia)다. 세상의 위험으로부터 자신을 지키는 곳이고, 힘들고 지쳤을 때 기운을 얻는 곳이다. 잊고 있던 본연의 자기 자신과 가장 가까워지는 곳이기도 하다.

강 대표는 나이보다 훨씬 건강하고 활력이 넘쳐 보였다. 그런 사람이 자기는 이미 죽었기 때문에 두려움 없이 산다고 했다. 언제 죽었느냐고 내가 물으니 서슴지 않고 2016년 12월 말이라고 대답했다. 어떤 연유로 그런 말을 하는지는 구체적으로 밝히

지 않았지만, 나는 그의 말이 무슨 뜻인지 이해할 수 있을 것 같다. 이미 죽었기 때문에 겁나는 것도 없다는 그의 말을 듣는 순간 묘한 동질감이 느껴졌다. 이를테면 영혼의 교감 같은 것이다. 사실 나도 오래전부터 그와 비슷한 생각을 하며 살고 있다.

살다 보면, 어쩔 수 없이 배수진(背水陣)을 치고 견뎌야 할 때가 있다. 죽을 고비를 간신히 넘기고 나면 삶을 대하는 태도가 확 달라진다. 덤으로 거저 얻은 시간은 더 소중하게 느껴진다. 살아 있다는 사실만으로도 감사하다. 오늘 당장 죽더라도 후회가 없도록 최선을 다해 살고 싶어진다. 아이러니하게도 죽었다고 생각하는 순간에 새로운 삶이 시작된다. 헤어나기 힘들었던 매너리즘의 늪에서 빠져나와서 거침없이 목표를 향해 달려갈 힘을 얻는다. 여태껏 제대로 대면하지 못했던 자아(自我)와 대면할 용기도 생겨난다.

강 대표는 쉽게 만나기 힘든 기인(奇人)이었다. 주체할 수 없는 광기(狂氣)를 지닌 예술가였다. 그의 거침없는 언행에 내 속에 숨어 있던 광기(狂氣)가 반응했다. 내게도 아직 발현(發顯)되지 못한 예술혼이 남아 있었던 모양이다. 아무렇게나 툭툭 던지는 그의 언어가 낯설지 않았다. 나는 수첩을 꺼내 미친 듯이 메모하기 시작했다. 작은 어록이 하나 생겼다.

인생은 지식이 아니라 지혜로 사는 것이다. 삶은 긍정 에너지의 발신지다. 삶은 되는 걸 보여주는 것이다. 건강은 내가 관리하는 것이 아니다. 건강이 나를 관리하는 것이다. 백세시대를 믿는 건 바보다. 그저 오늘 하루를 사는 것일 뿐이다. 날마다 믹스커피와 술만 이길 수 있으면 족한 삶이다. 날아가는 새는 뒤를 돌아보지 않는다. 나는 지금도 앞으로 걸어가고 있다. 그저 지나간 발자국만 남기고 갈 것이다. 내가 떠나고 난 후의 일은 오롯이 남은 사람들 몫이다. 한자리에 머무르는 건 성공이 아니다. 내가 잘 되면 배가 아픈 건 주변 사람이다. 그늘의 배를 쓰다듬어 주면서 가야 한다. 그래야 내 삶도 편하다. 돈이 없으면 내 머리를 쓰면 된다. 내 머리를 써서 하는 일이 진정한 내 것이다. 경복궁은 왕이 살려고 만들었고, 불국사는 스님이 살려고 만들었다. 탐나라 공화국은 내가 살려고 만들었다. 나는 그저 오늘을 살 뿐이다. 바람처럼 지나가는 삶이다. 버릴 수 있는 것도 자유다. 내 삶을 내 맘대로 살 수 있는 것이 진짜 자유다.

탐나라 공화국은 지금도 열심히 건설하는 중이다. 이왕이면 모든 상상을 다 현실화하여 아직 태어나지 않은 자손들에게도 꼭 필요한 미래공화국이 되면 좋겠다.

✖

속 썩은 매화 梅花

앙상한 가지 끝에 팥알만 한 붉은 구슬이 조롱조롱 달렸다. 작은 꽃망울이다. 죽은 지 오래되어 보이는 마른 나무에 꽃눈이 틔었다. 제목을 '속 썩은 매화'라고 붙인 분재 화분이었다. 한국어는 물론 영어와 중국어, 일본어, 러시아로도 화분을 설명해 놓았다. 이런 내용이었다.

"수령이 100년 정도 된 매화나무입니다. 가까이 가서 보면 몇 그루의 나무를 합쳐 심은 것 같은 착각을 하게 되는데 그것은 합쳐 심은 것이 아니고 본디 한 그루의 나무 가운데가 썩어서 속이 넓어진 것입니다.

나무는 목질부인 가운데가 약하고 표피부가 강합니다. 그래서 오래된 나무 가운데가 썩어서 공동화 현상을 일으키게 됩니다. 세월이 지날수록 약한 부분은 썩어들어가게 마련이라 생긴 결과입니다.

분재한 나무도 속이 썩어야 넓어지는 것처럼 사람도 마음이 썩어야 넓어지게 됩니다."

속이 썩었다는 표현에 문득 어떤 사람이 떠올랐다. 걸핏하면 나를 붙잡고, 자기는 속이 다 썩어서 문드러졌다고 말하던 사람이다. 그녀는 일제 강점기에 몰락한 양반 가문에서 태어났다. 일본이 군수품을 만든다고 마구잡이로 물자를 수탈해 가던 시절이었다. 당장 먹고살 길이 막막해진 사람들은 고향을 떠나 만주로 가서 살았다. 그녀 가족도 이주민 대열에 끼어 있었다.

일본이 패망했다는 소식을 듣고 부랴부랴 고향으로 돌아왔다. 해방의 기쁨을 만끽할 새도 없는 혼란한 시국이었다. 그녀는 6·25 전쟁을 온몸으로 직접 겪었고, 잿더미가 된 폐허 속에서도 죽을힘을 다해 버텼다. 근대화를 거쳐 한강의 기적을 일군 현대사의 격랑 속에서도 먹고살기 버거운 빈민층을 벗어나지 못했다. 그저 하루하루 생존하기 위해 발버둥을 쳤다. 고지식하고 순진한 사람이 살아가기엔 복잡한 변수가 너무 많은 세상이었다.

그녀는 원래 마음이 여리고 겁이 많은 성격이었다. 화가 나도 표현하지 못하고 혼자 삭였다. 적극적이지 못하고 늘 뒤로 숨었다. 표출되지 못한 울화는 가슴에 차곡차곡 쌓였다. 정 참기 힘든 순간이면 혼자 몰래 술을 마셨다. 온순하고 얌전한 사람인데 술만 들어가면 다른 사람이 되었다. 주사(酒邪)가 심했다. 온갖 욕설을 마구 퍼붓거나, 곡비(哭婢)처럼 넋두리하며 구슬피 울었다. 칡덩굴처럼 엉켜있는 부정적인 기억으로 인해 늘 억울하고 불행했다. 그녀의 마음은 푹 썩었지만 조금도 넓어지지 못했다. 제대로 꽃도 피우지 못하고 생을 마감했다.

제주에서 30여 년 넘게 사는 심 교수가 문우들을 초청했다. 자기가 정년퇴직하고 서울로 돌아가기 전에 제주의 명소와 사람들을 만나게 해주겠다고 했다. 10명의 작가들이 제주공항에서 심 교수와 만나 곧바로 '생각하는 정원(Spirited Garden)'으로 향했다.

이곳은 한국인보다 외국인들에게 더 잘 알려진 관광 명소다. 세계에서 가장 아름다운 정원이라는 수식어가 부끄럽지 않은 곳이다. 1968년부터 한 농부의 집념 어린 노력으로 완성한, 창조와 예술과 철학이 융합된 국가지정 민간 정원이다. 한국 고유의 정원수와 분재, 괴석과 수석이 잔디광장과 오름의 여백을 따라 전시된 공간이다.

아직은 겨울의 끝자락, 쌀쌀한 1월의 마지막 날이라 그런지 사람이 거의 없었다. 덕분에 넓은 정원을 우리가 독차지할 수 있었다. 멀리 바라보이는 눈 덮인 한라산의 풍경은 보너스로 따라왔다. 전시된 분재와 글을 찬찬히 읽으며 여유롭게 산책했다. 고즈넉한 분위기가 편안하고 좋았다.

사실 나는 분재를 별로 좋아하지 않는 편이다. 분재는 멀쩡한 나무를 인위적으로 속박하여 제대로 자라지도 못하게 한다는 편견을 가지고 있었기 때문이다. 하지만 새빨간 꽃망울이 달린 속 썩은 매화를 보고는 생각이 달라졌다. 고통에 대해서도 여러 각도로 생각하게 되었다. 사람의 마음도 썩어야 비로소 넓어진다는 말을 곱씹어 보았다.

생각하는 정원의 원장님은 철학자 못지않은 사유(思惟)하는 농부였다. 심 교수와 잘 아는 사이여서 같이 앉아 깊은 대화도 나눌 수 있었다. 미리 약속하고 갔는데도 그는 허름한 작업복 차림으로 우릴 맞았다. 85세라는 나이가 믿어지지 않게 꼿꼿하고 몸놀림이 민첩했다. 눈빛도 매서웠다. 오늘도 담장을 보수할 돌을 다듬다가 우리에게 온 것이라고 했다. 자신은 초등학교 졸업도 간신히 한 일개 농부라고 당당하게 소개했다. 초면인데도 불구하고 우리 앞에서 거침없이 술술 이야기보따리를 풀었다.

이야기는 일제 강점기 시절부터 시작했다. 어린 시절에 목격

한 말 탄 일본 순사가 아버지를 채찍으로 때리던 광경은 매우 큰 충격이었다. 아직껏 풀어지지 않는 원통함이었다. 6·25 전쟁 때 겪은 처참한 순간도 어제 일처럼 생생하게 풀어냈다. 지독하게 가난한 어린 시절을 보냈고, 자연 농원을 만들고 싶다는 오랜 꿈을 품고 있었다. 무작정 제주도로 왔다. 육지 사람이기 때문에 소외감과 설움도 많이 겪었다. 황무지였던 땅을 일구어 아름다운 정원으로 만들며 살아온 한평생이었다. 오랜 시간 동안 계속 이어진 이야기는 거대한 대하 드라마였다. 다행히도 비극은 아니었다. 불평과 원망, 후회하는 시선이 아니어서 좋았다. 이야기하는 그의 표정이 밝고 환하다. 고생은 했지만 불행하지는 않아 보였다. 속이 썩어서 아름다운 꽃을 피우는 매화처럼 마음이 썩어서 삶의 폭이 넓어진 모습이었다.

"분재는 뿌리를 잘라주지 않으면 죽고 사람은 생각을 바꾸지 않으면 늙는다." 정원 곳곳에 붙어 있던 이 글귀는 지금도 내 마음을 쿡쿡 찌르고 있다.

말 한마디 나누지 못한 사이지만

제주도를 생각하면 언제나 그 사람과 전시실에서 본 돌멩이를 생각하게 된다. 우린 인사도 나눈 적 없는 모르는 사람들이다. 대화는커녕 목소리조차 들어보지 못했다. 평생 딱 한 번, 먼발치에서 얼굴만 잠시 보았을 뿐이다. 아주 잠깐 눈이 마주쳤고, 그의 영혼에서 보내는 강렬한 파장을 느꼈다.

내가 김영갑 갤러리를 처음 찾아간 것은 2003년도였다. 폐교를 수리해서 만든 갤러리에 전시된 사진작품이 좋더라는 소문을 듣고 일부러 찾아간 길이었다. 갤러리를 만든 작가는 루게릭병에 걸려서 투병하고 있다는 사연도 전해 들었다. 변화무쌍한 제주의 사계절을 담아내기 위해 오랜 시간 카메라 앞에 쪼그리고 있다 보니 병이 생겼고, 몸이 점점 굳어지는 병이라고 했다.
그날은 겨울임에도 불구하고 봄날처럼 따뜻하고 화창했다. 대문을 들어서니 마당이 온통 구멍 숭숭한 검은 돌 천지였다. 아직 사람 손을 타지 않은 풍광이었다. 다듬어지지 않은 자연이 주는 편안함과 신비함이 공존하고 있었다. 마당에 그득한 제주도 현무암은 내게 강렬한 인상을 남겼다.

아직 갤러리 조성이 덜 끝난 상태라 입장료를 내지 않고 들어갈 수 있었다. 전시관으로 들어가려던 나는 알 수 없는 힘에 이끌려 멈춰 섰다. 현관 옆 사무실에 아주 깡마른 남자가 무생물처럼 앉아 있었다. 인도의 고승 같은 분위기였고 시종 무표정했다. 그런데도 눈빛은 매우 강렬했다. 바로 김영갑 작가였다. 무심히 힐끗 고개를 돌린 그와 눈이 잠깐 마주쳤는데, 이유 없이 가슴이 철렁했다. 일면식도 없는 사람인데 마치 오랫동안 잘 알고 지낸 사람처럼 느껴졌다. 기분이 이상했다.
그의 대표작 '제주의 사계'는 마치 수채화처럼 맑고 투명한 사진이다. 같은 장소를 계절의 변화에 따라 다른 색감이 나도록 찍었다. 투명하고 고운 색채 속에 작가의 혼과 열정, 슬픔, 아픔, 기쁨, 미래, 생명까지 다 담겨 있는 것 같다. 조금 아까 입구에서 본 남자의 모든 것을 다 갈아 넣은 작품이라는 생각이 들

자 울컥 눈물이 올라왔다. 그렇다고 작가에 대한 연민이나 동정은 아니었다.

전시실엔 액자보다 돌멩이가 훨씬 더 많았다. 크고 작은 돌들이 온 사방에 무더기를 이루고 있었다. 바닥에 아무렇게나 늘어놓은 작은 돌멩이는 볼품없고 아무 특징도 없었다. 수채화처럼 정갈한 사진과는 전혀 다른 느낌의 소품이었다. 희한하게도 액자보다 돌멩이가 내 눈에 더 들어왔다.

문득 이런 생각이 들었다. 나도 저 많은 돌멩이 중의 하나에 불과하구나. 전시실에 깔린 돌멩이처럼 볼품없고 존재감도 없구나. 불쑥 자괴감이 들었다. 마음이 뒤집히기 시작했다. 주체할 수 없는 뜨거운 기운이 명치 끝에서 올라왔다. 깊은 속울음이 터졌다.

한때는 나도 누구보다 유별난 감성을 지닌 문학소녀였다. 작가를 꿈꾸었던 소녀는 지금 평범한 아줌마가 되었다. 일상에 함몰되어 사느라 내가 좋아하는 일이 무엇인지조차 잊고 살았다. 아직도 글 쓰는 일을 좋아하지만, 내 삶의 우선순위는 아니었다. 문학에 대한 열망을 내버리지도, 글을 치열하게 쓰지도 못하고 있는 어정쩡한 내 모습이 보였다. 이도 저도 아닌 나는 수북이 쌓여있는 볼품없는 돌멩이 중 하나였다. 천재적인 재능도 없으면서 치열하게 노력하지도 않았다. 동시대를 살아온 작가의 아름다운 작품 앞에서 한없이 쪼그라드는 내 모습이 부끄러웠다. 나는 전시실 한쪽 구석에 서서 한참 흐느껴 울었다.

친구들과 제주도 여행을 계획할 때부터 제일 먼저 그 갤러리를 떠올렸다. 오랜만에 찾아간 '김영갑 갤러리 두모악'은 평범한 마을 풍경 속에 묻혀 있었다. 간판도 이정표도 잘 보이지 않았다. 내비게이션이 가라는 대로 갔는데도 여러 번 그냥 지나칠 정도였다.

이번에는 65세가 넘었다고 입장권을 사지 않아도 들여보내주었다. 전시실은 처음 왔을 때보다 훨씬 깔끔하게 정돈되어 있었다. 전시장에 쌓여 있던 투박한 돌멩이는 다 치워버렸다. 그 대신 자잘하고 매끈한 조약돌을 조금 진열해놓았다. 처음 봤을 때의 강렬한 느낌은 사라지고 없었다. 조금 아쉬웠다.

자기 몸이 굳어지는 줄도 모르고 마음에 드는 사진을 얻을 때까지 집중할 수 있었던 것은, 특별한 '작가 혼' 덕분이었을 것이다. 그렇게 치열했던 작가 혼은 축복일까, 천형(天刑)일까? 예술적 성취감을 얻기 위해 집요하게 몰두하려면 평범하고 느긋한 일상은 반드시 포기해야만 하는가?

2005년 5월 29일에 1957년생 김영갑은 이 세상을 떠났다. 다

놓고 돌아가기엔 아까운 나이, 향년 48세였다. 그는 지금도 두모악 갤러리를 떠나지 않고 있다. 이승에다 벗어놓고 간 낡은 육신은 전시관 바로 앞에 있는 감나무 아래 뿌려졌다. 손수 심어 놓고, 평소에 애인처럼 사랑했다던 그 나무는 그리 잘생기지도 크지도 않았다. 이번에도 나는 멀찍이서 그를 바라만 보았을 뿐이다. 인사말 한마디도 건네지 못했다.

비록 말 한마디 나누지 못한 사이지만, 나는 지금도 그가 친구처럼 가깝게 느껴진다. 그날 잠시 마주친 순간으로 인해 내 속에서 잠자고 있던 열정을 일깨울 수 있었기 때문이다. 덕분에 아무리 힘들어도 포기하지 않았고, 지금껏 글을 쓰며 살아가고 있다. 참 고마운 사람이다.

쇠소깍

처음엔 거기가 '세솟가'인 줄 알았다. 녹차 밭과 서귀포 바다가 한눈에 다 보이는 카페의 주인이 강력추천하는 제주의 관광명소 이름이 낯설어서 단번에 받아 적을 수가 없었다. 주인장 말로는 아직 사람의 손을 많이 타지 않은, 원시적인 느낌이 짙은 곳이라 했다. 몇 번을 되물어본 끝에 내가 메모한 지명이 '세솟가'였다.

내비게이션에다 검색해 보니 '그런 곳 없음'이라고 나왔다. 찻집 주인은 분명 서귀포에서 남원 쪽으로 가는 길에 있다고 했는데, 검색이 안 되는 걸 보면 내가 잘못 받아 쓴 것 같다. '세속가', '새솟가', '새속각', '새솟각' 등 들었던 발음을 기억해서 이리저리 다르게 적어 넣었지만, 여전히 그런 곳 없음이 나왔다.

"이런, 쇠소깍이네. 이름도 참 괴상하군."

내가 내비게이션을 붙들고 씨름하는 사이에 남편이 렌터카 회사에서 준 관광 안내 책자를 뒤져서 정확한 지명을 찾아냈다.

우리는 원시림으로 가득 찬 깊고 험한 산골짝을 기대하며 내비게이션을 따라갔다. 목적지 근처라 안내를 마치겠다는 메시지는 나오는데, 도착한 곳은 이렇다 할 특징이 없는 그저 평범한 바닷가 마을이었다. 아무런 표지판도 없었다. 찻집 주인이 원망스러워졌다. 그래도 찾느라 애쓴 품값이 아까워서 차에서 내려 조금 걷기로 했다.

그저 밋밋한 풍경을 따라가다 보니 아스팔트길 오른쪽에 아래로 내려가는 나무 계단이 보였다. 아무 기대도 없이 그냥 계단을 내려갔다. 굽어져 꺾이는 계단참을 돌아서자 갑자기 시야가 확 열리고, 전혀 상상치 못한 풍경이 나타났다. 거기에 산과 바위 계곡과 바다가 오롯이 숨어 있었다. 우리가 찾던 쇠소깍이었다.

오목하게 들어앉은 용소(龍沼)는 끝이 확 터져서 바다로 연결되었다. 용소를 둘러싸고 있는 회색의 기암괴석(奇巖怪石)은 먼 산에서부터 따라온 호위병(護衛兵) 같았다. 용소 끝에서는 거대한 몸집의 바다가 다시 들어오려는 양 안간힘을 쓰고 있었다.

미친 듯이 몸을 뒤집어 허옇게 포말(泡沫)을 뱉어내며 몸부림쳤다. 끊임없는 바다의 아우성에도 불구하고 짙은 에메랄드색 용소는 흔들림 없이 침묵했다. 냉정해 보일 만큼 고요하고 평온했다. 보통 산이 깊은 곳은 바다가 멀고, 파도가 치는 곳에는 계곡이 없기 마련인데 여기는 둘이 공존하고 있었다. 생전 처음 보는 오묘한 풍광에 입이 떡 벌어졌다. 나는 한동안 아무 말도 할 수가 없었다. 마침 저녁해가 먼바다로 설핏 넘어가고 있었다.

우리가 나무 계단을 다 내려가서 물가에 다다랐을 때, 어디에선가 대나무를 엮어서 만든 배 한 척이 들어와 사람들 서넛을 내려놓았다. 관광객들을 태우고 바위 병풍이 있는 곳까지 한 바퀴 돌아오는 미니 유람선이었다. 1인당 5,000원씩 받는, 모터도 없고 노도 없이 물 위에 얼기설기 매어 놓은 줄을 사공이 손으로 당겨서 움직이는 배였다.

"이 배는 우리 마을 청년회에서 운영하는 건데 오늘 저녁에 회합이 있어서 제가 지금 가야 하거든요."

우리를 보자 사공이 지레 변명을 했다. 애초부터 그 배를 탈 생각은 없었는데 사공이 못 태워준다고 하니 괜히 서운했다. 그냥 묶인 배 위에서 기념사진이라도 찍게 해달라고 하자 선뜻 카메라를 받아 들고는 쇠소깍 소개까지 상세하게 해주었다.

'쇠소깍'이란 이름은 위에서 내려다보면 소가 길게 누워 있는 형상의 용소(龍沼)가 시작되는 곳이라는 뜻이다. 이곳의 물은 한라산에서 발원한 물이 내려와 모인 것이다. 산에서 내려온 물이 곧장 바다로 나갈 수 있는 유일한 곳이다. 용소 깊이는 대략 6m 정도 되는데, 관광지로 개발한 지가 얼마 되지 않아서 아직 원시적인 모습을 그대로 유지하고 있다.

용소의 입구가 트여 있어서 만조(滿潮)에는 바닷물이 들어와 수위가 올라가고 간조(干潮)엔 다시 낮아진다. 그래서 관광객이 대나무 배를 타는 지점도 물때에 따라 달라진다. 규모는 그리 크지 않지만, 산과 바위와 계곡과 호수와 바다가 어우러진 특이한 경관이다.

뱃사공이 떠나고 난 후에도 나는 한참 동안 배 위에 서서 파도를 바라보았다. 바닷물이 다시 안으로 들어오려는 듯 계속 아우성치고 있는데도 호수는 침묵으로만 일관했다. 한라산에서부터 함께 온 물이라 할지라도 바닷물과 합류하고 난 후에는 다시 민물이 될 수 없다며 애써 외면하는 것 같았다.

돌이킬 수 없는 게 어디 이 물길뿐이랴. 태어나서 살다가 돌아가는 패턴을 지닌 인생행로(人生行路)도 단 한 번만 허락된 일과성(一過性)이긴 마찬가지다. 거침없이 흘러가는 시간을 거스르지 못하게 만들어 놓으신 섭리는 누구도 거역할 수가 없다. 그렇다고 유행가 가사처럼 어디서 왔다가 어디로 가는지도 모르는 '정처 없는 나그넷길'은 아니다. 보이지 않는 바위틈에서 출발하여 깊고 푸른 호수에 머물다가 마침내 거대한 바다로 나아가는 위대한 여정이다.

어둠이 짙어지니 물소리가 더욱 요란하고 시끄럽다. 눈을 감고 집중해서 잘 들어보니 바다가 다시 용소 안으로 들어오고 싶어 우는 소리가 아니다. 겉보기엔 냉철하고 고요해 보이던 용소의 깊은 속울음 소리다. 나도 모르게 눈물이 핑 돌았다.

박
찬
정

고향이 따로 없다 서울 중구 신당동 52의 4번지에 뿌리를 두었으나
어릴 때는 아버지의 전근지를 따라 다녔고,
결혼한 후에는 해외까지 넘나들며 이삿짐 보따리를 싸고 풀었다
지난해에 유년의 기억과 외국 생활 그리고 현재 살고 있는
거제도의 이야기를 모아 첫 수필집을 묶었다
괴발개발 수필을 쓰고 시를 끄적이며 고향을 기억해 내고 화양연화를 꿈꾸기도 한다

어느 해 늦가을
-
제주를 걷다

박찬정

수필가, 시인

저서: 수필집 《목걸이》

✣

어느 해 늦가을

제주공항 입국 로비에 세 여자의 목소리가 낭자했다. 누가 보면 전쟁통 피난길에 헤어졌던 형제의 극적 만남으로 볼 수도 있었다. '제주에서 한 달 살기' 끄트머리에 있는 선배의 부름을 받았다. 김포공항을 출발하고, 김해공항을 떠나오고, 제주에서 기다리던 세 여자는 상봉 퍼포먼스를 요란하게 치르고 차에 올랐다.

제주도를 여유 있게 즐기고 경험하려는 사람들의 '제주에서 한 달 살기'가 여러 매체에 소개되며 한동안 유행처럼 번지던 때가 있었다. 그런 이들을 위한 숙소가 곳곳에 생겨났고 지자체도 가이드북을 내놓는 등 적극적으로 지원했다. 한 달 살기가 연장되어 아예 제주에 정착하는 사람도 있다고 한다. 유럽에서도 두어 달씩 체류하며 여행한 적이 있는 선배는 차근차근 준비하여 승용차에 싣고 장흥항에서 제주도로 떠났다.

선배는 제주도에서 한 달을 거주한 주민(?)답게 길이며 제주 사람 말씨에 익숙해져 있었다. 지나는 길에 걸어가는 노인을 만나자 차의 행선지를 알려주고 가는 길이면 거리낌 없이 태워준다. 차에 탄 노인과 제주 사투리를 흉내 내며 우스갯소리를 하고 유대감을 나눈다. 그런 교류가 머물며 여행하는 재미였을 게다. 모든 사람이 낯선 곳에 한 달 머물렀다 해서 그곳의 자연과 사람에게 익숙해지는 것은 아니다. 사람에게 다가가려는 그녀의 무던한 노력과 친화력 덕분이다.

이미 몇 차례 제주도 일주를 해서 도내 곳곳을 훤히 꿰고 있는 선배는 도착한 날 오후부터 우리 둘을 느긋하게 앉아 있도록 놔두지 않았다. 올레길로, 중산간으로, 해안도로로 종횡무진했고, 통갈치 구이를 먹고 흑돼지 주물럭을 먹으면서도 귀로는 다음 행선지를 들었다. 민물과 바닷물이 만나는 쇠소깍의 오묘한 물색은 신비로웠고, 가을이 깊숙이 들었어도 곶자왈의 녹음은 한여름같이 울창했다. 곶자왈의 뿌리와 둥치를 구분할 수 없는 우거진 나무와 숲, 이끼, 돌틈 사이사이 숨구멍이 신비롭고 원시림 속에 들어와 있는 착각이 들었다.

곶자왈의 녹음 속을 걸으며 나는 분위기에 걸맞은 으스스한

이야기 하나를 꺼냈다. 일본 후지산 아래 아오키가하라쥬카이(青木原樹海)라는 곳이 있다. 규모의 차이가 있을 뿐 곶자왈과 쥬카이는 화산 분화로 용암이 흘러내린 곳에 형성된 아열대 녹음 짙은 곳이라는 공통점이 있다. 쥬카이는 취재나 탐사팀 혹은 혼자 담력을 기르는 사람이 아니라면 혼자 찾아가는 여행자는 없다. 길목에는 자신의 생명을 소중히 여겨 다시 용기를 내라는 등의 팻말이 곳곳에 있다. 한번 들어가면 방향과 시간의 흐름을 알 수 없어 길을 잃는다고 한다. 다른 사람의 눈에 띄지 않고 조용히 세상 등질 사람이 그곳을 찾아간다는 말이 전해진다. 실제 옷가지와 소지품 때로는 백골화된 인골이 발견되기도 한다. 우리는 아기자기한 곶자왈 녹음 속을 걸어 나오며 쥬카이에서 길을 잃었다가 천신만고 끝에 살아 나온 감격을 가장하여 부둥켜안았다.

사흘은 감질나게 짧았다. 절경을 찾아다니느라 제주의 민속이나 문화를 엿볼 시간이 없었던 아쉬움이 남았다. 감귤 출하가 한창인 때다. 고샅길 양 옆 돌담 안에도 노랗게 익어가는 감귤이 가지 휘게 열렸다. 예전에는 귤나무 한 그루로 자식 하나 대학 공부시킨다고 해서 대학나무라고 했지만 요즘은 여의치 않다. 수확기를 분산하고 차별화된 맛에 힘을 쏟으며 판로마저 확보해야 하니 감귤밭 주인의 시름이 깊어 보인다. 우리가 몇 상자 산다고 그들의 시름이 얼마나 덜어질까마는 각자 형편껏 주머니를 털어 감귤을 택배로 보냈다.

그 후 우리는 종종 그 가을의 제주여행을 화제 삼으며 즐거워했다. 더 머물렀다가는 무릎이 닳아 집에 오지도 못할 것 같아 도망치듯 벗어났노라 괜한 엄살을 떨기도 하고, 십 년치 웃을 것을 그때 다 웃었다고 너스레를 떨기도 했다. 사흘간 우리를 데리고 제주도를 종횡무진한 선배는 우리가 떠난 후 짐을 챙겨 이틀 후 제주를 떠난다고 한다. 요즘 건강이 좋지 않아 혼자 여행하기 어렵게 된 선배는 제주 한 달 살기를 하던 때를 생애 화양연화였다고 말한다.

여행을 할 수 있는 사람은 복 많은 사람이다. 건강과 돈과 시간, 하나 더 욕심을 부려 마음 맞는 길동무까지 갖춰지면 더 말할 나위 없는 큰 복이다. 집을 떠나는 여행뿐이랴. 인생이란 여행길 역시 그렇다.

⁂

제주를 걷다

빈터. 둘러쳐진 야트막한 돌담 뒤로 조릿대만 무성하다. 차를 타고 지나는 중산간 길의 군데군데 보이는 흔적은 오래전 마을이 있던 곳이며 집터라고 길라잡이가 알려주었다. 집을 짓기 위해 터를 고르며 나온 돌로 담을 두르고 돌담 바깥으로는 조릿대를 심었다. 그것은 오래전부터 제주의 생활용품을 짜는 필수재료다. 지금은 집도 사람도 보이지 않는다. 그날 느닷없이 들이닥친 토벌대는 총으로 위협하며 어른과 아이를 가리지 않고 몰아내고 마을에 불을 질렀다. 잿더미가 된 터에 조릿대 뿌리가 살아남아 무성해졌다. 조릿대 베어 차롱과 동고량과 물 허벅을 엮던 아버지와 그 식솔들은 다 어디로 갔을까.

추사 김정희의 유배지를 찾았다. 나지막하고 처마가 짧은 초옥 두 채가 마주하고 있다. 반가에서 나고 자라 유복하게 살던 김정희에게 세 칸 초옥에서 겨우 연명하는 유배 생활은 인고의 세월이었을 게다. 유배된 죄인의 몸이지만 어둡고 옹색한 방에서 학문과 서화를 갈고 닦으며 제주의 후학을 길러냈다. 남녘이라 해도 이월 초순의 바람은 아직 찬데 돌담 아래 수선화가 해맑은 얼굴을 들고 있다. 추사가 젊은 시절 동지사로 떠나는 부친을 따라 연경(청조의 수도)에 간 적이 있다. 연경에 피어있는 수선화가 선비의 눈에 들었다. 추사는 귀한 수선화 구근을 얻어 친분이 깊은 다산 정약용에게 선물했다. 훗날 제주도에 귀양 와서 보니 수선화는 제주도 어디니 지천으로 있는 꽃이었다. 보기 좋은 꽃이라도 농사에 방해가 된다며 뽑아 버리는 것을 보고 자신의 처지와 같다고 여겼다 한다. 나는 찬바람 속에서도 요요히 핀 수선화를 배경으로 피사체가 되었다.

기당 미술관 앞에서 한라산을 바라본다. 며칠 전 온 눈이 산 정상을 덮고 있다. 청명한 날씨에 능선의 굴곡이 선명하다. 하늘과 맞닿은 선이 머리를 풀고 누운 여인의 모습 같다고 한다. 말을 듣고 보니 그럴듯해 보인다. 한라산을 오르는 사람들이 여인의 머리와 몸을 밟아 여인이 노하여 제주도에 불행한 역사가 많았다는 말을 들었다. 지어낸 말이라 해도 사람이 저지른 일을 자연의 조홧속으로 돌리려는 인간의 이기심에 실없이 웃었다. 기당 미술관 변시지 화백의 그림에는 거센 바람과 기우뚱한 집, 지팡이를 든 남자가 있다. 쓸쓸함과 외로움이 나에게 전해져 명치 끝이 뻐근해진다. 바람 속 외딴집에 성치 않은 남자를 홀로 두고 떠나는 심정이 되어 돌아보고 또 돌아보다가 발길을 옮겼다.

그림으로 마음 치유를 하는 명상의 집이 바닷가 마을에 있다. 수많은 그림 중에 마음에 와 닿는 그림을 정하고 명상을 하며 자신의 내면을 끌어낸다. 아픈 기억이나 갈구, 추억이 그림 속에 보였다. 나는 큰 폭의 그림 앞에 바른 자세로 앉았다. 낯익은 빛깔과 무늬다. 백남준의 빛의 아트를 보고 있는 듯한 느낌도 들었지만 오래전 어머니가 만들어 준 민소매 원피스 색깔을 그림에서 보았다. 어릴 적에 어머니는 여름이 오면 옷감을 끊어다가 딸들의 원피스를 만들어 입혔다. 옷본을 놓고 마름질하여 시침을 하고 나의 어깨나 등판에 맞춰보고 나면 재봉틀 앞에 앉아 뚝딱 만드셨다. 어머니가 원피스 감으로 떠오는 천은 늘 비슷비슷했다. 진초록이나 하늘색 바탕에 자잘한 꽃무늬이거나 색색 물방울무늬다. 오랜 날 잊고 있던 그 색깔, 그 무늬가 거기에 있었다. 입는 것도 먹는 것도 허기졌던 어린 날, 다시 돌아가라면 도리질을 칠 그 시절이 마음 깊숙한 갈피에 그리움으로 남아 나를 화폭 앞에 잡아 앉혔다.

너븐숭이(넓은 돌밭이라는 제주어) 4·3평화기념공원을 찾아간 날, 바다는 바람에 일렁거렸는데 그 넓은 들판은 고요한 적막이었다. 우리 일행을 맞아 안내해 주신 분은 연세 지긋한 4·3평화기념공원 이사장이다. 추모시설을 설명하는 목소리에 간간히 울먹임이 섞였다. 숙연한 마음으로 영령들을 위로하며 향을 사른다. 검은 돌벽에 빼곡하게 적힌 이름들. 조릿대 베어 물허벅, 차롱을 엮던 아버지가 거기에 있고, 왜 죽어야 하는지 영문도 모르고 어린 손주를 끌어안은 채 죽은 순갑이 할망이 있고, 해산달 가까운 어멍의 지원극통한 넋이 그곳에 있다. 무고한 떼죽음을 말 못하고 오랜 시간 묻어둘 수밖에 없었던 시대의 억압이 안타까웠다. 나도 모르게 연거푸 나오는 한숨으로 넓은 터 곳곳을 돌며 추모했다. 희생된 아기들을 모아 묻은 돌무덤 앞에서는 나도 모르게 거친 욕이 나왔다. 가해와 피해를 서로가 짊어져서 명확한 이름조차 짓지 못하고 있는 제주4·3사건이다. 입이 있어도 말할 수 없는 세월을 사는 동안 당했거나 저질렀거나 그 어느 편에 섰던 사람이든 대부분이 세상을 떠났다. 여태껏 어렴풋하게 알았던 우리 땅에서 일어난 잔혹한 역사다. 방관자였을까. 산 자가 할 수 있는 우리들의 숙제를 안고 발길을 돌렸다.

사흘 내내 청명하고 바람 잔잔한 날씨가 제주 겨울여행에 큰 부조를 했다. 조상님 음덕이라느니, 신의 가호라느니 서로 한바탕 공치사하고 어둠이 내려앉는 제주공항에서 헤어졌다. 각자 출발했던 그곳으로.

손진숙

내게는 제주가 멀다
멀어서 깊이 있게 다가가지 못했다
표피만 살짝 더듬었을 뿐이다

탐나라 공화국에 다녀와서
-
음식, 제주

손진숙

수필가

저서: 수필집 《신록처럼》, 《향기에 잠기다》

탐나라 공화국에 다녀와서

우리를 태운 승합차는 낯선 길을 달리고 있었다. 저마다 사색의 나래를 펴고 있을 때 심 회장님이 “왼쪽에 뭐가 있는지 보세요.”라고 했다. 우리들은 일제히 왼편으로 고개를 돌렸다. 누군가 답했다. “숲밖에 없는데요.” 보이는 숲 말고 뭐가 있을까? 수수께끼를 풀려는 아이들처럼 머리를 갸우뚱하고 눈빛을 반짝였다.

그렇게 조금 더 가서 숲에 가려 있던 탐나라 공화국 입구에 닿았다. 먼저 탐나라 공화국 국민여권을 발급받았다. 이름과 생년월일이 필요했다. 83년생이 생기고, 84년생이 나타났다. 새롭게 발급받는 여권이라 새롭게 등록하는 생년월일인 모양이었다. 여권 마지막 장에는 “황무지를 단무지로 가꾸어온 탐나

라 공화국은 상상을 현실로 이루어가는 제주 상상나라입니다."
라는 문구가 있다.

우리를 반갑게 맞이한 강우현 총통은 공화국 안 이곳저곳에 설치된 조형물에 대해 친절하게 설명을 해 주었다. 설명의 끝마무리는 항상 절묘한 위트와 해학을 곁들였다. 강단 있고 자신감 넘치는 모습에서 무슨 일이라도 성사시킬 것 같은 다부진 기운이 뿜어져 나왔다. 전부 못 쓰게 되어 버린 물건을 모아 조성했다는 설치물들은 매우 기발했다.

수집한 헌책을 한도껏 쌓을 수 있는 책장 등 업사이클링한 제작품을 설명하면서 지나다가 자신의 전시회 도록이나 저서를 나누어 주기도 했다. 내가 받은 건 '《WOOH》 KANG WOOHYON MULTI-ART EXHIBITION 생애마지막개인전' 도록이었다.

사인을 하는 모습도 놀라웠다. 글씨는 무조건 거꾸로 써나갔다. 끝 글자 끝 낱자부터 쓰는 식이다. 문득 IQ, EQ가 얼마인지 궁금했다. 천재적인 두뇌의 소유자라 여겨질밖에 없다.

그렇게 2층까지 안내를 마치고 다시 1층에 내려와 오붓한 자리를 마련했다. 그때까지 도록이나 저서를 받지 못한 회원에게 그 즉석에서 친필로 쓴 족자를 선물했다. 그야말로 베풂의 축제였다.

탐나라 공화국은 말 그대로 탐나는 공화국이었다. 강우현 총통의 무궁무진한 지식, 지혜와 결행이 탐났다. 한 사람이 발휘할 수 있는 능력의 한계치는 어디까지일까. 나에게도 타고난 재능이 있다면 몇 %나 실행하며 살고 있을까. 자신의 역량대로 살아갈 뿐, 부러워하는 마음마저 내려놓아야 할 것 같았다.

'쓰고, 그리고, 만들고, 부수고, 지지고, 자르고, 붙이고, 깨고, 문지르고, 비비고, 갈아본다.' 《WOOH》 도록에 있는 글귀다. 강우현 총통이 이루어가고 쌓아가는 삶의 방식이리라. 놀라움이 일지 않을 수 없다. 거기서 'NFT 시대를 넘나드는 멀티아트 세계로'를 덧붙이고 있었다. 부단히 전진하기 위한 시나리오가 아닐는지.

제주도에서 터전을 일구어 전 세계에 걸쳐, 더 나아가 우주 공간까지 영역을 넓히는 탐나라 공화국. 그 기지가 번뜩이는 나라를 살짝 밟아본 날이었다.

❖

음식, 제주

강추위가 예고된 1월 말. 2박 3일 제주 여행의 발을 내디뎠다.

첫째 날이다. '생각하는 정원'을 관람하러 간단다. 일찍 서두르느라 아침을 먹지 않은 뱃속이다. 정오가 가까운데 식당으로 가는 게 아니란다. 수염이 석자라도 먹어야 산다는데, 수염 없는 나야 말해 무엇 하리. 그렇다고 내 배고픔을 내세울 수야 없잖은가.

'생각하는 정원'을 관람했다. 안내판의 "분재는 뿌리를 잘라주지 않으면 죽고 사람은 생각을 바꾸지 않으면 빨리 늙는다."라는 성범영 원장님 저서에서 따온 글귀가 우리를 맞아 주었다.

중국 등 해외에서 더 호평을 받고 있다는 '생각하는 정원'과 성범영 원장님. 누구도 하지 못한 생각을 바꾸었기에 일개 농부가 '세계에서 가장 아름다운 정원'을 이룩할 수 있었으리라. 그저 안이한 상태에 머물러 있는 내 생각도 뿌리를 자르고 필요한 가지를 손질해야 아름다운 사람으로 거듭나지 않을까.

정원 한쪽에 위치한 넓은 홀의 식당에 들어섰다. 그러면 그렇지, 깜짝 이벤트처럼 갈치정식이 차려져 있었다. 내 팔뚝만 한 갈치가 통째 구워져 긴 사각접시에 초탈한 자세로 누워 있었다. 한 토막씩 덜어 먹기 좋도록 칼질이 되었다. 갈치의 전신에는 왕소금이 설설 뿌려져 있었지만, 간수를 빼서 짜지 않다고 직원이 일러 주었다.

부드럽고 고소한 갈치 살점에서는 제주 선원들의 손길과 바닷바람의 감칠맛이 느껴지기도 했다. 거기다 가스불 위에는 갈치조림이 보글거렸다. 진하고 깊으면서 달콤함이 이제껏 먹어본 맛과는 약간 차이가 났다. 고급 갈치정식으로 밥 한 공기를 게눈 감추듯이 먹어 치웠다.

둘째 날 저녁은 '성산갯마을식당'이었다. 처음 먹어보는 갈치장이 미각을 돋우었다. 내 고향 농촌의 장아찌는 주로 무, 마늘종, 콩잎 등 식물인 데 비해 제주도는 갈치, 새우, 게 등 해산물이었다. 파래전과 튀김에 이어 푸짐한 생선회와 얼큰한 매운탕이 노곤해진 입맛을 살렸다.

너그러운 제주 인심이었다. 귤을 후식으로 내놓아 남겼는데, 식사를 마치고 일어날 때 봉지에 넉넉하게 담아 주었다. 배부른 이상으로 포만해진 마음이 제주 바다처럼 풍요로워졌다. 제주 하면 제일 먼저 떠오르는 귤을 식당 주인의 선심으로 실컷 맛볼 수 있었다. 봉고차 기사가 준비해 준 귤도 줄곧 기분을 상큼하게 했다.

셋째 날, 마지막 자유시간이 동문시장에서 주어졌다. 우리들 발걸음은 어느 갈치상점 앞에서 멈추었다. 제주 바다의 영양을 양껏 섭취한 갈치가 은빛 푸르게 반짝이고 있었다. 천하장사 팔뚝 저리 가라의 굵기로 싱싱함을 한껏 자랑했다.

갈치에 끌린 회원들은 한두 마리씩 주문하기 시작했다. 흐뭇한 얼굴로 바라보던 제주 시민인 심 회장님은 "제주 상품을 사 주는 일이 제일 좋다."라며 미소를 지으셨다. 제주를 진정 위하는 마음이 고스란히 전해졌다.

여사장의 오른손엔 빨간 고무장갑을 꼈으나 장갑을 끼지 않고 갈치를 다듬는 왼손은 거북등처럼 갈라져 있었다. 억척스러운 제주 어시장 여인의 삶이 거친 손 마디마디에 새겨져 있는 듯했다.

저녁 시간으로는 이른 편이었지만 국숫집으로 갔다. 탁자 3개가 놓여 있고, 일행 12명이 앉으니 꽉 찰 정도의 협소한 공간이었다. 소문난 맛집으로 인정을 받았는지 'MBC-TV방영 생방송 오늘저녁'이라는 광고판이 벽면에 붙었다.

고기국수, 비빔국수, 멸치국수 중에서 나는 멸치국수를 택했다.

어릴 때부터 먹던 국수의 본맛을 즐기고 싶었다. 양념간장 없이 소금으로 간을 맞춘다 했으나, 멸치 우러난 국물에 졸깃한 국수 가락이 길고 담백하게 젓가락을 타고 내 입 안에 빨려 들었다.

구미가 당기는 국수를 먹은 힘으로 제주공항으로 달려갔다. 이윽고 비행기에 탑승했다. 내가 발붙이고 사는 포항을 향해 평화롭게 날아올랐다.

제주에서 지낸 사흘. 내 입맛을 사로잡은 음식을 두고두고 잊지 못하리라.

심규호

안다는 것은 그리 쉬운 일이 아니다
안에 있으면 안에 있어 모르고, 밖에 있으면 밖에 있어 모른다
그저 보고 느낀 것을 안다고 할 따름이다
어쩌다 보니 제주에서 내 삶의 절반쯤 살았다
여전히 잘 모르지만 아는 것도 있다
대롱을 통해 본 하늘이다

고사리

-

남읍에서

-

제주 사물 四物

-

화북동 '시가 있는 등대길' 유감

심규호

수필가

저서: 수필집 《부운재》

저서 및 번역: 《중국문학이론사》, 《낙타상자》 외 70여 권

고사리

벚나무에 꽃이 지고 푸른 잎이 가득해질 즈음 제주에는 연이어 비가 내리는 날이 잦다. 제주 사람들은 이를 고사리 장마라고 부른다. 보통 4, 5월에 내리는데, 빗물을 흠뻑 맞으면 물기를 좋아하는 습지 식물 고사리가 산이고 들이고 지천으로 깔리기 때문이다. 아, 그런데 지천(至賤)이라고 하기엔 좀 그렇다. 흔하거나 많다는 뜻으로 쓰이는 지천이란 말이 비천하거나 값싸다는 뜻이니 말이다. 사실 요즘 제주 고사리는 그리 싼 나물이 아니다.

남녀노소 너 나 할 것 없이 고사리를 따러 간다면 조금 과한 말이지만 평소 나물 캐기와 관련이 없는 이들도 제철 만난 듯 선뜻 나서는 것을 보면 과연 '고사리철'이라 하기에 족하다. 며칠 전 안사람이 어떤 모임에서 고사리를 따러 가는데 함께 가지 않겠냐고 묻기에 일언지하에 거절하고는 내심 아차 싶었다. 분명 가고 싶기는 한데 30년 무사고 장롱면허를 지닌 그녀인지라 나를 데려가지 않으면 저 멀리 버스도 아니 다니는 중산간 들녘까지 어찌 갈 수 있겠는가? 한번 내뱉은 말을 주워 담을 수는 없고, 다시 가겠노라고 한들 필시 그녀가 원치 않을 것이 뻔했다.

미안한 마음이 들기는 했으나 덕분에 나는 이번에 쓸 수필 한 편의 제목을 얻었다.

고사리하면 제일 먼저 떠오르는 것이 뭘까? 앞서 말한 고사리 장마도 있겠고, 제사상에 오르는 고사리나물, 강강술래 놀이에 나오는 노랫말, 돼지고기와 고사리. 그래, 두루치기에는 역시 고사리가 듬뿍 들어가야 맛있다. 고사리 순을 닮았다고 하여 아기의 움켜쥔 손을 일러 '고사리손'이라고 말하기도 한다. 어디 그뿐이랴. 그 옛날 백이와 숙제가 수양산에 들어가 곡기를 끊는 대신 고사리를 캤다는 말도 전해진다. 그럼 한번 본격적으로 살펴보기로 하자.

우선 고사리는 아주 오래전에 세상에 나온 식물이다. 인류의 조상인 호모 사피엔스가 멀어야 20만 년 전이고, 그보다 먼 원인(原人)은 50만 년 전쯤인데 고사리는 2억 년 또는 4억 년 전이라고 하니 어찌 감히 비교할 수 있겠는가? 잎의 가장자리가 톱

니바퀴처럼 생겨 양의 이빨을 닮은 까닭에 양치식물(羊齒植物)이라고 부르는 식물군의 맏이일뿐더러 암컷과 수컷, 암술과 수술이 만나야 수정이 되고 씨가 만들어지는 예사 식물이나 동물과 달리 버섯이나 균류처럼 포자(胞子)라는 조직체에 의존하여 번식하는 포자식물의 대표격이기도 하다. 지구 생명체의 원형에 좀 더 가까운 형태로 지금까지 남아 있으니 참으로 대단하다.

홍미로운 점은 고사리가 다 크면 1m를 훌쩍 넘는다는 사실이다. 종류가 백 수십 종으로 다양하여 차이는 있겠으나 고사리는 원래 큰 식물이었음에 틀림없다. 강강술래 놀이에 나오는 노래 가사에 이런 구절이 나온다. “고사리 대사리 꺾자, 나무 대사리 꺾자/유자꽁꽁 재미나 넘자 아장장장 벌이요.” 여기서 ‘대사리’, ‘나무 대사리’라는 말이 흥미롭다. 대사리는 큰 사리, 즉 나무처럼 크다는 뜻이다. 그렇다면 고사리는 높은 사리인가? 고사리의 원래 이름이 사리이고, ‘대’나 ‘고’는 형용사인가? 잘 모르겠다. 의문이 또 하나 있다.

알다시피 고죽국(孤竹國)의 첫째 왕자인 백이(伯夷)와 셋째인 숙제(叔齊)는 임금이 되기 싫다고 남들이 모두 좋아하는 왕위를 걷어차고, 어질고 노인네를 잘 모시기로 소문난 주(周) 땅의 우두머리인 희창姬昌(서백西伯, 주 문왕)을 찾아갔다. 그런데 막상 가보니 그는 이미 사망했고, 그의 아들인 희발(姬發)은 포악한 은

나라 주(紂) 임금을 정벌하겠다고 군사를 이끌고 은나라 교외에 있는 목야(牧野)를 향하고 있었다. 희발의 원정길을 가로막고 선 두 사람은 몇 마디 말을 나눈 다음 아비의 위패를 들고 출전한 모습이나 신하된 자로서 임금을 토벌하겠다고 나선 꼴이 마음에 들지 않았던지 너희네 땅에서 나는 음식을 먹지 않겠다고 작심하고 수양산으로 들어갔다. 그곳에서 그들은 채미(採薇), 즉 고사리를 캐서 먹다가 아사(餓死)했다고 하는데, 공자와 사마천이 그들을 거론하면서 후대에 '어진 이(仁人)'의 상징이 되었다.

여기서 문제는 그들이 왜 굳이 하고많은 산채들 가운데 고사리를 택했느냐는 점이다. 충정을 죽음보다 귀하게 여겼던 박팽년, 성삼문, 김시습 등 사육신이나 생육신은 그마저도 먹어서는 아니 된다고 말하기도 했는데, 과연 백이와 숙제가 연명(延命)을 위해 고사리를 뜯었을까? 의심스럽다. 왜냐하면 고사리가 생으로 먹기에 부적합할 정도로 독성을 지녔기 때문이다. 지금도 고사리는 물에 담가 한참을 침잠시키거나 물에 데친 후에야 먹을 수 있다. 그러지 않으면 각기병에 걸릴 수도 있기 때문이다. 그래서 생각건대, 그들이 고사리를 택한 것은 연명이 아니라 절명(絶命)을 위한 것일 가능성이 크다. 예로부터 단장초(황등黃藤)나 협죽도(夾竹桃)는 사약을 만들 때 사용하기도 했는데, 고사리 역시 그런 의도가 아니었겠는가라고 생각하는 것이다. 물론 이는 내 느낌일 따름이다.

어찌 보면 하찮은 식물에 지나지 않는다고 생각할 수도 있겠으나 그 생명력을 안다면 그리 말할 수 없다. 제주어에 능통한 임 선생이 어린 시절에 할머니에게 들었다는 말, "고사린 열두 자손이여."에서 눈치 챌 수 있다시피 고사리는 꺾고 또 꺾어도 끊임없이 자란다. 그래서 '열두 형제' 또는 '아홉 형제'라고도 한다는데 혹시 제사상에 고사리가 빠짐없이 들어가는 이유가 바로 이 때문이 아닌지 궁금하다.

어떤 사물이든 의미 없는 것이 어디에 있겠는가? 4월! 우리에겐 찬란한 봄날보다 아픈 기억이 많은 4월에 모든 유의미한 존재를 다시 한번 생각해본다.

납읍에서

납읍에 가고 싶었다. 그래서 갔다. 정헌(靜軒) 김용징(金龍徵, 1809~1890년) 선생 때문이다. 이는 연전에 미국에서 중국문학을 가르치는 선배가 추사와 김용징의 관계가 궁금하다는 메일을 보내왔기 때문이다. 아직 완연하지는 않지만 화창한 봄날, 차롱의 벗들과 함께 길을 나섰다.

납읍하면 공무원, 교원, 박사 등 우리 사회에 필요한 많은 인재를 배출한 문향(文鄕), 양반 동네(반촌班村)라는 말이 뇌리에 가장 먼저 떠오른다. 아니나 다를까? 마을 길가에 박사 취득, 승진, 수상 등을 축하하는 현수막이 가득 걸려 있었다. 한때는 촌스럽다는 생각이 들기도 했으나 지금은 응당 그러려니 한다. 제주 지역신문에도 언제나 한 면을 차지하는 것이 바로 사진과 축하의 발언 아니던가.

납읍하면 또 생각나는 것이 있다. 포제(酺祭)이다. 처음 제주에 와서 이것저것 제주 민속에 대해 알아보고 다닐 적에 동쪽 송당에는 여성들 위주의 당제(堂祭)가 있고, 서쪽 납읍에는 남성들 위주의 포제가 있다는 말을 들었다. 굳이 여성과 남성을 가른 까닭이 참가자의 성별 때문이라는 것은 알겠으나 굳이 지금도 나눌 필요가 있겠는가 싶었다. 특히 포제는 유가식 제사이기 때문에 남성들만 참가한다는 말을 듣고 더욱더 그러했다.

포제는 아마도 『주례(周禮)·지관사도(地官司徒)·족사(族師)』에 나오는 "봄과 가을에 재해를 내리는 신에게 제사를 지낸다(春秋祭酺)."는 말에서 나온 듯하다. 원래 '포'는 글자에 나오는 유(酉)자에서 알 수 있다시피 술과 관련이 있다. 함께 모여서 술을 마시는 것이 본래 의미이다. 비록 흔히 쓰지는 않지만 포음(酺飮), 포회(酺會), 포연(酺宴)이란 말이 있다. 명사로는 재해를 가져오는 귀신의 뜻이다. '포제'의 '포'가 바로 그것이다. 그렇다면 '포제'는 귀신에게 올리는 제사라고 할 수 있다. 그런데 왜 유가식 제사인가?

물론 유가는 제사를 매우 중시한다. 특히 망자에 대한 제사는 유가 제의에서 빼놓을 수 없는 의식이다. 그렇다면 유가는 귀신의 존재를 믿었나? 반드시 그런 것 같지는 않다. 공자는 '괴력난

신(怪力亂神)'에 대해 별로 관심이 없었다. 다만 은주(殷周)시대의 문화를 따르겠다고 자처한 마당에 귀신에 대한 제사를 버릴 수 없어 고심한 끝에 나름의 묘안을 제시하였으니, 그것이 바로 '경이원지(敬而遠之)', 즉 "공경은 하되 멀리하라."이다. 그런 까닭인가? 유학자들은 귀신을 믿는 것을 미신이라 여겼고, 심지어 미신을 혁파한다고 신당을 깨부수고, 그것을 그림으로 남겨 임금에게 자랑삼아 보여주려고 했다. 제주 목사 이형상의 『탐라순력도』 가운데 건입포에서 임금의 은혜에 배례하는 그림 「건포배은(巾浦拜恩)」에서 확인할 수 있다.

포제단은 납읍이 자부심을 지니기에 충분한 금산공원 안에 있다. 계단을 올라 약간만 걸어가면 왼쪽에 고즈넉한 곳에 자리하고 있다. 한옥 앞뜰에 세 개의 제단이 있다. 오른쪽에 가장 큰 것이 포제단이고 가운데는 마을을 지키는 지신(地神)을 위한 단이며, 왼쪽 작은 것은 마마신, 즉 홍역신을 모시는 단이라고 한다. 그렇다면 신당과 어떤 차이가 있겠는가?

잘 만들어진 목재 데크를 따라 공원을 한 바퀴 돌았다. 그리고 다시 입구로 돌아나가는 길에 정헌(靜軒) 선생이 47세(1855년) 때 후학들과 시회(詩會)를 가졌던 송석대(松石臺)에 들렀다. 그곳에 금산공원 바로 옆에 있는 납읍초등학교 1, 2학년 학생들이 쓴 시가 줄에 매달려 펄럭이고 있었다. 「주희쌤」이라는 제목의 어린아이 시를 읽으며 파안대소했다. 첫 번째는 제자 가운데 주희의 얼굴이 떠올랐기 때문이고, 두 번째는 주희(朱熹 주자) 선생이 생각났기 때문이다. 그렇다면 주희의 「애련(愛蓮)」의 제목을 빌려 「애사(愛師)」의 시라고 할 수 있는데, 사도(師道)가 예전만 못한 지금 선생님에 대한 아이의 진심 어린 사랑 고백이라니. 이 어찌 감동받지 아니하겠는가?

정헌 선생은 35세에 진사시에 합격하여 성균관에서 6년간이나 수학하였으니 벼슬길의 첩경을 따라 이제 곧 환로(宦路)가 환하게 열릴 것이 분명했다. 그런데 어찌 40세(헌종 14년, 1848년) 한창 나이에 제주로 귀향하는 길을 택했을까? 환로가 마땅치 않았기 때문인가? 아니면 환달(宦達)에 뜻이 없었기 때문일까? 한 가지 실마리를 찾아보면 이러하다.

조천읍 신촌리 사람 매계(梅溪) 이한진(李漢震, 1823~1881년)이 그를 만나 이런 시를 남겼다. “밝은 달 그윽한 곳 청산에 안거한 기세 높은 이로다(明月幽閑地, 青山偃蹇人).” 원래 ‘언건(偃蹇)’이란 단어는 그리 좋은 뜻이 아니다. 옆으로 넘어질 듯 삐딱하고 절름발이처럼 한쪽 발을 절며 느리게 걸으니 주로 교만하고 방자한 이를 묘사할 때 쓴다. 하지만 또 다른 뜻도 있다. 편안히 누웠다는 뜻의 ‘안와(安臥)’도 있고, 기세가 남을 능가한다는 뜻도 있다. 이 세 가지가 서로 다른 듯하나, 나름 어울리는 부분이 없지 않다. 기세가 높으면 때로 오만하다는 느낌을 주고, 남들이 다 좋아하는 벼슬길 마다하고 청산에 은거하려면 남들을 능가할 고매한 인격의 소유자여야 한다. 이한진이 소동파의 시에도 나오는 '언건'이란 글자를 빼든 것은 탁월한 선택이다. 아마도 이한진은 추사를 찾아가던 길에 한적하고 아름다운 마을 납읍에서 청산에 은거하는 고매한 이, 정헌 선생을 만났을 때 범접하기 힘든 무언가를 느꼈을 터이다. 하지만 대나무 숲속에 바람 솔솔 부는 밝은 달밤, 이야기는 무르익고, 간간이 웃음이 피어나면서 절로 친해졌으리라. 마지막 구에서 "야심한 밤 솔바람 대나무 숲에서 담소하다보니 절로 친해졌네(夜闌松竹裏, 談笑自相親)."라고 읊은 까닭이 여기에 있다.

아마도 그는 스승인 추사를 만나 정헌 선생과 만난 이야기를 했을 터이고, 그렇지 않아도 제주에 고매한 인품에 글 잘 쓰는 이가 있음을 알고 있던 추사도 맞장구쳤을 것이다. 추사가 정헌 선생의 부친 김봉철(金鳳喆)의 비문을 써준 것도 나름 이유가 있을 듯하다.

정헌은 제주의 세 군데 향교(제주향교, 정의향교, 대정향교)에서 모두 교수를 역임했다. 또한 『도유대연헌(屠維大淵獻)』(중국 고대 태세기년법太歲紀年法에 나오는 말로 도유는 12간지에서 기己, 대연헌은 해亥에 해당한다. 따라서 기해년(1839년)에 처음 시집 제목으로 삼았다는 뜻이다.)

이라는 제목도 어려운 한시집을 남겼다. 시집에 수록된 시는 대략 250여 편인데, 모두 7언 배율(장률長律)이다. 보통 다른 이들의 한시집을 보면, 5, 7언 절구도 있고, 율시도 있으며, 간혹 배율이 있기 마련인데, 정헌 선생의 시집에는 절구나 율시가 전혀 보이지 않는다. 오로지 배율만 그것도 대부분 50구 이상이다. 당연히 근체시이니 압운이며 대우가 중시된다. 예로부터 배율에 능한 이로 이규보(李奎報)를 거론하는데, 문재를 자랑하기 위함이라는 말이 있을 정도로 작시(作詩)가 쉽지 않다. 혹시 과거 시험에 필요한 시체가 7언율시이기 때문이었을까? 슬쩍 살펴보니 「송궁(送窮)」, 「가사호(假四皓)」처럼 가난한 은거 생활의 모습이 보이는가 하면 「횡삭부시(橫槊賦詩)」처럼 심국지 소소의 이미지를 빌려 자신의 뜻을 언뜻 보인 시도 있다. 정헌형제회(靜軒兄弟會)에서 유고문집 『도유대연헌』(2015년)을 출간하여 다행이나 아쉽게도 번역이 되지 않아 필자 같은 보통 사람들이 접근하기 쉽지 않다. 적지 않은 비용이 들겠지만 번역 출간을 서둘러야 하는 이유를 들자면 한두 가지가 아닐 듯싶다.

길을 따라 마을 한 바퀴를 돌다 보니 이곳저곳에 비석에 제법 많이 세워져 있다. 주로 송덕비나 기념비가 많은 것은 다른 마을과 다를 바 없는데, 특히 김용징 선생의 기념비를 보니 새삼 반가웠다. 말이 나왔으니 말인데, 이른바 조선 시대 목사들 중

成均進士靜軒金先生碑

에는 영 형편없는 이들도 적지 않아 송덕비라고 하여 정말 '송덕'의 실질이 있었다고 믿을 것이 아니다. 누군가는 옆구리 콕콕 찔러 세우도록 했을 것이고, 후안무치하게 강제한 경우도 있을 수 있다. 그래서 송덕비에 이름만 마모되어 없어진 것도 있고, 아예 무너뜨린 것도 있다. 송덕비는 남은 이들이 떠난 이가 사무치게 그리워 그 큰 덕망과 위업을 기리기 위해 세운 것인데, 과연 그리 많은 이들이 그리 많은 업적을 남긴 것인지, 그리 많은 덕망과 위업을 갖추었는지 알 수 없다.

젊은 부부가 경영하는 카페에서 커피 한잔씩 마시고 마을길을 따라 걷다가 흥미로운 것을 발견했다. 교차로 한쪽에 자리한 이층집 문 옆에 서 있는 「태산석감당(泰山石敢當)」. 앗, 이건 뭐지?

몇 년 전 타이완 펑후다오(澎湖島)에 갔다가 똑같은 글자가 새겨진 비석을 본 적이 있다. 사실 오키나와나 중국 푸젠성 일대에서는 흔히 볼 수 있는 일종의 벽사비(辟邪碑)이다. 석감당(石敢當)은 서한(西漢) 시대 사유(史游)가 쓴 어린아이를 위한 습자교본『급취장(急就章, 급취편急就篇)』에 처음 보이는데, 과연 그 뜻이 무엇인지 해석이 구구하다. 석감당은 '태산석감당'이라고도 칭하는데, 태산석이 사악한 기운을 감당한다는 뜻으로 풀이하는 것이 일반적이다. 그 옛날 중국 황제들이 봉선(封禪) 의식을 행하던 동악(東岳) 태산의 돌에 신묘한 기운을 부여한 셈이다. 원나라 도종의(陶宗儀)의 『남촌청결록(南村輟耕錄)』에 따르면, "오늘날 사람들은 집 문 앞이나 골목, 경계, 다리, 길 등 요충지에 작은 석장군(石將軍)을 세우거나 석비(石碑)를 심어 놓고, 그 위에 석감당(石敢當)이라고 새겨 재앙을 내쫓았다."라고 하였으니, 그 연원이 상당히 오래되었음을 알 수 있다. 그런데 그것을 납읍에서 보다니! 하마터면 초인종을 눌러 주인장에게 물어볼 뻔했다. 이래저래 납읍은 많은 것을 보고 느끼도록 해준 멋진 마을이었다. 돌아오는 길 내내 즐거웠다.

泰山石敢當

제주 사물四物

물

장마가 시작되었다. 어젯밤 슬며시 다가와 땅을 축이더니 아침이 되자 바람까지 동반하여 천지를 감돈다. 푸른 잎이 휘날리다 멈추기를 반복한다. 나도 덩달아 몇 번이고 조들다 풀어진다. 삶의 행태가 굳어진 장년의 서생이 조들 일이 뭐 있겠는가 싶어도 비 오면 마음도 습해진다. 누군가 말했다. 비 오는 제주가 제격이라고. 한마디 덧붙이면 전국이 맑겠다는 말을 쉽게 믿으면 안 된다. 제주 어딘가에 비가 올지도 모르기 때문이다. 제주에 비 온다는 말도 적절치 않다. 제주 어딘가에 해가 쨍쨍할 수도 있기 때문이다.

어떤 지역은 물이 부족하여 걱정이라니 장마가 고맙다는 생각이 들기도 한다. 하늘에서 내리는 빗물이 땅속으로 스며들고 빠져들어 거대한 호수가 된다. 하늘과 땅이 교묘하게 만나 정화된 물이 흐르고 흘러 해안가 어딘가에서 솟구치면 이를 용천수(涌泉水)라고 부른다. 모든 생명은 물이 있어야 살 수 있으니 설촌(設村)의 첫 번째 조건이 바로 물이다. 용천수를 생명의 물이라 부르는 까닭이 여기에 있다. 궷물, 엉물, 다릿물, 족박물, 두말치물, 생이물, 돈지물, 시닛물(신이물), 굼들레기물. 나름 내력이 있으니 괜한 이름이 아니다. 그 물을 마시고, 닦고, 헹구고, 멕이고(먹이고), 남은 물이 더 큰물과 만난다. 그리하여 바다는 종착역이자 시발역이다. 참, 제주에는 달리는 기차가 없다.

바람

눈보라가 심하다. 때로 한 치 앞도 보이지 않을 때가 있다. 따뜻한 남쪽 나라에서 무슨 폭설이냐고 하지만, 이곳은 해발 1,947m 한라산이 좌정하고 있는 곳이다. 제주의 비나 눈은 바람과 함께 온다. 조용히 다소곳이 내리지 않고 거센 힘으로 윽박지르듯이 달려든다. 제주에 오고 여름 한 철을 지내면서 우산이 별로 소용없음을 눈치 챘다. 비는 위에서 내리다 홀연 아래에서 치고 들어왔다. 비는 바람을 따라 춤추고, 바람은 빗소리에 맞춰 노래했다.

바람은 그렇게 휘몰아치고, 비는 장대처럼 쏟아지며, 나무는 온몸을 흔들어 약한 가지를 부러뜨리며 견뎌내고, 돌담은 구멍마다 큰 숨을 내쉬었다. 휘청거리는 것이 어찌 나무와 풀뿐이랴. 나도 흔들리고 너도 흔들리며, 그렇게 산다. 우리 털 건 털고, 견딜 것은 견디자, 라고 자답한다. 돌담의 숨구멍처럼 큰 숨을 내쉬며. 제주에서도 유독 바람이 센 곳이 있다. 후배가 대정 출신의 사내는 바람의 아들이라 부른다고 말했다. 그곳이 바람코지(바람받이의 제주어)이기 때문이다.

언제나 멎으려나. 눈이 그치면 바람도 잠들겠다. 그러다 보면 겨울도 가겠지. 봄이 올랑가?

산

한라산은 섬의 가운데 자리한다.

하지만 해변가 마을 어디서든지 산이 보이는 것은 아니다. 지대가 낮은 데다 앞에 고내오름이 있는 고내리는 한라산을 감춰놓았다. 그럼에도 언제나 산은 그 자리에 있다. 동서남북에서 바라보는 산은 각기 다른 모습이다. 형상이 다르니 느낌도 다르고, 느낌이 다르니 볼 때마다 신령스럽다. 어딘들 산이 없겠는가마는, 제주는 곧 한라산이고, 한라산이 바로 제주 섬이다. 천지만물을 창조한 여신 설문대할망이 우뚝 서 계시고, 남극노인성이 바라보이며, 폭설에 길 잃은 노루가 지친 발걸음을 떼는 곳. 제주옹이굴에서 피어오르는 흰 연기가 봉화 연기와 섞이고, 산사람들이 올린 봉화에 산이 온통 붉게 타오르던 곳. 불로장생의 시로미 열매가 익어가며, 곶자왈 숨골에서 생명의 바람이 불어오고 지천의 동백이 붉은 꽃송이를 뚝뚝 떨구는 곳. 그리하여 민초들은 구시렁대고 일만 팔천 신들은 도닥거리는 신화와 전설의 산이다. 애써 정상에 오르려 하지 마시라. 당신이 서 있는 바로 그곳이 바로 한라산이니.

돌

제주 돌은 본시 딱딱하지 않았다. 불이 물처럼 솟구치고 흐르다 또 다른 물을 만나 굳어졌을 뿐이다. 하여 제주 돌은 수성(水性)을 지녔다. 물을 거부하지 않고,

물이 튕기지도 않는다. 그저 둥둥 떠서 옛 기억을 떠올리거나 물을 만났을 때의 모습 그대로 기다림의 자세를 취할 따름이다. 화성(火性)을 감춘 채 고목처럼 굳어진 돌은 제주를 떠받치는 기반이 되고, 제주를 수호하는 하르방, 거욱대(일명 방사탑)가 되며, 망자 곁에 선 동자석, 에워싸는 산담(일명 산잣)이 된다. 글씨를 새겨 마애명(磨崖銘)이 되고, 산산이 부서져 옹기가 되며, 잘리고 쪼이고 파여 몰방애(연자매), 돌확(돌방아), 물팡(빨랫돌)이 된다. 돌밧(돌이 많은 밭)에 잣담(밭담)이 되어 담그늘을 만들고, 멜을 가두는 원담이 되어 소리치게 한다. "멜 들어왔쪄!"

제주 돌을 생각하면 두 사람이 생각난다. 한 명은 처음 만나 싸우다 친구가 된 유정이고, 다른 한 명은 돌이 수성을 지녔음을 환기시켜준 우현이다. 유정을 통해 산담에도 문이 있음을 알았고, 성담에 올라 축성의 방식이 중국과 다르다는 이야기를 나누었다. 허당(虛堂)의 여러 벗들과 즐겨 찾는 우현의 공화국에서 돌의 구멍이 태고의 형상에서 가장 모던한 디자인으로 변화하는 모습을 보았다. 공화국의 돌담을 따라 제주 돌의 본래 모습, 용암이 되어 흐르고 있었다.

마치 공기처럼 제주 돌은 우리를 떠받치고 에워싸고 있으되 느끼지 못할 따름이다.

화북동
'시가 있는 등대길' 유감

혹여 "유감(遺憾) 있냐?"라고 묻지 말아주시기 바란다. 사전적 정의가 "마음에 차지 아니하여 섭섭하거나 불만스럽게 남아 있는 느낌"인 '유감(遺憾)'이 아니라 나름 느끼는 바가 있다는 뜻에서 '유감(有感)'이기 때문이다.

예전에 제주 신천지미술관이란 조각공원이 있었다. 지금은 없어졌지만 신천지미술관 꼭대기에 가면 제주 시인들의 시를 새겨놓은 시비(詩碑)가 여럿 서 있었다. 간혹 내가 아는 시인의 시를 보면 그리 좋을 수가 없었다. 석상(石上)의 시를 읽는 맛은 지상(紙上)의 그것과 영 다르다. 석상의 시는 그냥 시가 아니라 장구(長久)함의 시이고, 오랜 풍파를 견뎌낸 결정(結晶)의 시이며, 장중하게 우뚝 선 단 한 편의 시이기 때문이다. 그 앞에 서면 오래 머뭇거려야 하는 이유가 여기에 있다. 그러니 종이의 무게가 어찌 돌의 무게를 감당할 수 있으랴.

시란 본디 사람의 정성(情性)을 토로하는 것인지라 육성으로 듣는 것이 으뜸이고, 눈으로 보고 따라 읽으며 탄사를 연발하는 것이 버금이며, 눈으로 보되 가슴으로 되새김질하는 것이 그다음이다. 물론 그냥 보기만 해도 아니 되는 것은 아니다. 뜬금없이 '시' 운운한 까닭은 이러하다.

어딘가 걷고 싶을 때 주로 가는 길이 있다. 사라봉 또는 별도봉 초입에서 시작하여 이름도 예쁜 베리오름(별도봉) 허리를 에두르는 길을 따라 걷기 시작한다. 왼쪽은 바다, 오른쪽은 오름. 갈 때마다 잊지 않고 되뇐다. 세상에 이렇게 예쁜 길이 있나! 문득 베리오름 등성이가 예전에 아이들과 함께 놀던 게임에 나오는 줌비니 동산인 듯 어디선가 줌비니들이 튀어나올 것만 같다. 오름 아래로 내려가면 사라졌으되 결코 잊을 수 없는 곤을마을이다. '잃어버린 마을터' 표석을 다시 읽는다.

베릿내(별도천, 화북천)를 건너 곤을길을 따라 가면 금산마을이다. 바닷길을 따라 마을을 돌아가면 포구이다. 포구 옆에 바다를 바라보는 소년과 그림 그리는 소녀 동상이 있는 빨간 등대가 보인다. 그리고 그곳으로 가는 길이 바로 '시가 있는 등대길'이다. 화북 포구를 처음 오는 이라면 틀림없이 탄성을 질렀을 것이다.

제주시 화북일동 화북포구에는 '詩가 있는 등대길'이 있다.

화북은 북쪽에서 바다 건너 내려올 때 가장 가까운 곳인지라 목사(牧使)까지 나서서 등짐을 지고 돌을 날라 개축할 정도로 제주의 으뜸가는 포구였다. 포구는 바다로 나가는 곳이자 또한 들어오는 곳이니 무엇인들, 누구인들 이리로 들고나지 않았겠는가? 하여 해신사가 있고, 환해장성이 있으며, 누군가의 치적을 알리는 공덕비가 줄지어 서 있으며, 지금의 해군기지에 해당하는 수전소(水戰所)가 있으니 축성하여 진성(鎭城)이 있다. 그러니 참으로 당당한 곳이다. 그곳에 '시가 있는 등대길'이 있다. 그러니 어찌 탄성을 지르지 않을 수 있겠는가?

2010년 제주문화예술 기획사업 공공미술사업의 일환으로 만든 것이라고 한다. 화북포구를 개축하는 데 심혈을 기울인 목사, 선정을 베풀어 명성이 자자한 노봉 김정(재임 1735~1737년)이 공사에 앞서 천지신명에게 올린 「화북포시역시고유문(禾北浦始役時告由文)」의 번역문과 더불어 그의 7언절구 「화북진(禾北鎭)」이 새겨져 있다. 그리고 몇 분의 시조 시인들의 아름다운 시와 초등학생들의 웃음을 짓게 하는 시를 새긴 타일이 한쪽 벽을 가득 차지하고 있다. 시인들의 시야 말할 것도 없고, 학생들의 시를 읽는 재미가 쏠쏠하다.

이제 '유감'을 말할 차례다.

탄성이 멈칫한 곳은 제목을 알 수 없는 시커먼 돌에 새겨진 장문의 문장이다. 해서(楷書)라면 모를까 초서체(草書體)로 휘갈긴 데다 별도의 제목이나 표시가 없으니 쉽게 알 수 없다. 분명 중요한 글인 듯한데, 하여 자세히 쳐다본다. "屈原既放, 游於江潭, 行吟澤畔, 顏色憔悴, 形容枯槁." 오라, 알겠다! 굴원(屈原)의 「어부사(漁父辭)」가 틀림없다. 웬일이신가? 어찌하여 추방당해 강이며 연못 사이를 떠돌며 서글픈 노래를 읊조리시던 이가 초췌한 안색, 늙어 구부정한 모습으로 이곳까지 오셨는가? 그 옛날 화북포구가 유배인들이 거쳐 지나가는 곳이라 들르셨는가? 묵묵부답이다. 의도한 바가 아니라는 뜻일 터이다. 그러면 멱라수(汨羅水)에 던진 육신이 바다 건너 제주까지 흘러오신 것인가? 아니, 그럴 리가 없다. 언제 때 일인데, 굳이 여기까지 오셨단 말인가? 물론 나름 유명한 유배인들을 상기시키려는 까닭이 있을 수 있다.

화북에서 유배문화제를 개최하니 그럴 수도 있다. 하지만 굳이 유배인을 등장시켜 '공북(拱北)'이니 '연북(戀北)'이란 말을 떠올리며 북극성을 향하는 뭇별들마냥 임금을 향한 마음을 상기시킬 필요가 있을까?

언젠가 새로 단장할 기회가 생긴다면 이러면 어떨까?

시가 꼭 오언절구이거나 칠언율시일 필요가 없듯이 속내를 잘 표현하기만 했다면 화북 어르신네들의 짧은 말을 시어로 다듬어 볼 수 있도록 하면 어떨까? 바다가 삶의 현장인 그분들의 말 몇 마디야말로 진정한 시가 아닐까? 집안에 걸어놓은 멋진 그림도 해가 바뀌고 세월이 흐르면 덤덤해지기 마련이다. 그러니 매년 한 번씩 바꿔 거는 것도 좋다. 마찬가지로 돈이야 조금 들겠지만 진정 '시가 있는 등대길'을 아름다운 문화자산으로 만들 생각이라면 나누어서 바꿔보아도 좋을 듯하다.

당당한 화북이 굳이 화북에만 머무를 필요가 있을까? 시도 화북에 국한하지 말고 제주의 것을 넉넉히 담아보면 어떨까? 화북이 인심이 그러한 것처럼.

옛 시를 번역해 써놓을 것이라면 보다 예쁜 한글로 정확하게 표현하는 것이 좋을 것이다. 짧은 옛 한시에는 읊은 이의 의도가 뒤에 숨어 있는 경우가 많으니 특히 그러하다. 예컨대 김정의 시 「화북진」의 경우가 그러하다. '획연장소(劃然長嘯)'는 한시는 물론이고 소식(蘇軾)이 「후적벽부(後赤壁賦)」에도 나오는 구절인데, '획연'은 의성어이고, '장소'는 길게 휘파람 분다는 뜻도 있으되 길게 소리친다는 의미도 된다. '天涯'는 '해각(海角)'과 마찬가지로 아득 멀리 떨어진 곳을 말한다. '천애'는 공간이고 '종고(從古)'는 시간이니 '천애'를 풀이해야 '종고'가 산다. 서툰 솜씨로 풀이해보면 이러하다. "휘익 길게 휘파람 불며 성 위에 서니 / 만 리 푸른 바다 광활하여 흐르지 않는 듯 / 북쪽 바라보니 장안(서울)은 어디쯤인가? / 하늘가 아득한 이곳은 예로부터 쫓겨난 신하 시름 깊은 곳."

그리고 결정적으로 제목이 틀렸다. 이 시는 화북진성에 자리한 망양정(望洋亭)에 올라 감회를 표현한 것으로 제목은 「망양정」이다. 이 외에 김정 목사의 「고유문」도 더 좋은 번역본이 있으니 다음에 새길 때는 바꾸는 것이 좋을 듯하다. '시가 있는 등대길'이 화북뿐만 아니라 우리 제주의 명소가 되길 바란다.

이
경
은

삶이 외로울 때 생각나는 섬이 있다
어머니가 그리울 때 찾아가는 섬이 있다
행복하고 싶을 때 만나러 가는 섬이 있다
우리는 거기 제주로 간다

김녕 바다, 속울음의 꽃이 피다

-

바람이 걸어오다

-

안개 속을 헤매는 것은

-

아부 오름의 숨결

-

막연한 불안

이경은

수필가, 음악극작가

저서: 수필집《가만히 기린을 바라보았다》외 4권

수필작법《이경은의 글쓰기 강의 노트》

포토 에세이《그림자도 이야기를 한다》

독서 에세이《카프카와 함께 빵을 먹는 오후》

김녕 바다,
속울음의 꽃이 피다

김녕의 바다가
슬그머니, 따라와
말없이 곁에 서더니
어쩔래, 하고 묻는다.

제주의 해변 길을 걸었다.

길은 바다로 구불거리며 이어졌다. 바다와 땅을 가로막아주는 경계가 없어서인지, 바다와 땅이 서로의 품속으로 깊게 스며들었다. 땅이 너무 낮아서인가 바다가 성큼 들어와 있는 게 낯설고 수상쩍다. 김녕의 바다는 누구 하나라도 맞이하겠다는 듯 물가를 연신 적시고 있었다. 슬쩍 엿보며 걸어 들어갔다. 순간,

나를 향해오는 알 수 없는 형체의 바다 파동이 가슴에 단박 들이닥쳤다. 등골이 선뜩해져 천천히 사진을 찍었다. 머리 위엔 하늘이 더할 수 없이 맑았고, 태양은 머리 끝 정수리를 따스하게 비추는 날이었다.

렌즈를 대기만 해도 하나의 풍경이 되는 바다에 서서 우리는 서로를 보며 웃었으며, 하늘의 해는 눈부신 날을 마련해 주느라 스스로의 몸에서 빛을 실처럼 뽑아내고 있었다. 그 실타래기 빛들이 우리들의 머리와 어깨, 발끝까지 얽히어 우리의 몸이 하나의 '빛'이 되었다. 존재마다 빛이 휘감기니 우리가 변하고 세상이 따라 변하기 시작했다.

화이부동(和而不同).

전 우주가 부드러움과 조화를 이루며 함께 움직인다. 우주가 바로 사람이니까. 우주의 운기(運氣)란 것도 사실 이 세상 사람들의 기운들이 모여 이루어낸다는 말을 '물리학과 불교' 강의에서 들었던 기억이 난다. 인간의 머릿속에서 나온 관념과 물리학적인 시각의 간극도 다만 우리의 분별심일 뿐이다. 모든 건 그 밑바닥이나 머리 위의 텅 비어 있는 공간에서 서로 통해 있는지 모른다. 태초의 혼돈은 그저 혼돈이 아니라 생명이 뿜어내는 용트림이다. 회오리처럼 생성되고 있는 생명이 담긴 우주라는 커다란 물 양동이. 그 우주가 어찌 변할지는 오직 사람에게 달렸다. 한 줌도 안 되는 사람의 마음과 몸짓에….

마침내, 바닷가에 섰다.

바닷물이 우리가 서 있는 땅에 곧장 이어져 넘실대고, 나는 그 물결 위에 뿌려진 영혼들을 설핏 느낀 것도 같다. 조금 전 바다로 걸어 들어오면서 잠시 환영처럼 보았던 장면에 두 눈이 사로잡힌다. 세 발자국이면 되겠군. 일단 미끄러지면 아무도 못 잡을 테니…. 너무 쉬운 거 아냐? 찰나의 생각이 스치고 지나갔다. 겨우 세 발자국에 생과 사가 달려 있다는 게 우습고 시시했다.

'겨우 세 걸음이야. 너를 힘들게 하는 열정도 고통도 단숨에 다 내려놓을 수 있지. 두려워 마. 세 걸음이면….'

나는 귀를 막았다. 그녀들을 힘들게 하는 몹쓸 짓은 못 해. 혹시 때가 되면 혼자 올게. 나는 아직 인생의 가장 아름다운 순간을 놓치고 싶지 않아. 혼신의 힘을 다해 집필한 마지막 작품『인간실격』을 쓰고 자살을 한 다자이 오사무처럼 젊지도 않은데, 최고로 아름다운 순간에 자기의 생(生)을 버리는 용감하거나 무모한 일을 벌일 순 없겠어. 멜랑콜리한 기분만으로 나의 삶을, 나의 마지막을 결정짓기엔 나이가 제법 들었거든. 우주의 순환을 조금은 알아먹는 나이가 됐다고. 내가 늙고 있으니 천천히, 아주 천천히 한참을 놀다가 오렴. 파킨슨씨가 늙어 허리가 고부

라질 때까지 기다려.

목울대가 갑자기 뻣뻣해진다.

어이없게 눈물도 준비를 해댄다. 그것만은 제발….

'아, 이러면 안 되는데. 아침이잖아. 눈부시게 밝은 태양이 비치는 아름다운 날이라고. 게다가 혼자도 아닌데.'

그 바다에 아마도 못다 핀 영혼의 꽃들이 있었나 보다. 그때, 그들이 나를 부르는지 바다가 부르는지 모르겠지만, 소리들이 가슴 안을 헤치고 다가왔다. 사이렌처럼 유혹하러 왔던가. 하지만 나는 선배의 어깨에, 가슴에 기대어 그저 울었다. 울음은 울음을 불러온다. 한동안 꽁꽁 숨겼던 속울음이 한꺼번에 터져 나왔다. 그래. 울자, 울어버리자. 이곳 제주에, 김녕 바닷가에 다 뿌리고 가자. 저 깊고 푸른 바다 밑에 깊숙이 담가두고, 내 땅에 가서는 시치미를 뚝 떼고 잘 살아보자. 누구라도 눈치 못 채게 살그머니 살아내자.

아무도 묻지 않았다. 왜냐고. 왜 그러느냐고. 묻지 않는 그들이 고마웠다. 말로 못 할 것도 있고, 아무것도 말할 게 없기도 하고, 말하고 싶지 않기도 하니까. 그 자리에서 삶과 죽음이 어떻다 말할 수 없고, 세상에 살아 있어도 내게 죽은 사람이나 마찬가지인 가슴 아픈 만남을 떠나보내기도 하고, 맥없이 어느 날 세상을 떠난 선배에 대한 진혼곡으로 흘린 눈물이라고 말할 수

도 있겠지만, 나는 '바다가 부르는 소리'에 단순히 울었던 것이다. 죽은 영혼이나 살아있는 영혼, 모두의 아픈 삶이 서럽고 서글퍼서…. 속울음마다 아픔이 묻어나오고, 그 자리에 꽃봉오리가 맺혔다.

고통은 남이 모른다지만, 남이 위로해 줘서 우리는 살아갈 수 있다. 그날 아침, 바닷가에서 건네준 아홉 명의 깊은 위로는 나를 바다의 소리에서 건져내었다. 가슴으로 잡아준 손을 나는 놓치지 않았다. 그녀들의 가슴이 하도 따스해서 꼭 잡고 땅 위에 발을 굳게 내딛었다. 아마 혼자였다면 알 수 없는 일도 생길 수 있었으련만….

내 마음의 정원이 그녀들이 피운 꽃들로 가득 찼다. 향기가 바다에까지 닿았던가.

바다가, 나를 쳐다보며, 말했다.

아직은, 아냐. 그들 속에 서서 함께 태양을 보며 웃어야 할 때야. 꼭 기억해. 혹여 내가 불러도 오지 마. 이 세상이 변한다 해도 두 다리를 땅에 굳건히 디디고 살아. 그걸 말해 주려고 너를 불렀어. 너의 기운을 이 우주에 내보내서 부드럽고 맑은 기운으로 가득한 세상이 되도록 힘을 보태. 할 수 있지?

바람이 걸어오다

제주의 땅에 대고
그립다고 운다.
외로운, 지독하게 고독한
사내의 울음.

바람이 그림을 뚫고 뛰쳐나온다.

변시지의 바람이 불어온다. 거센 바람으로 휘 구부러진 나무에 기댄 외로움, 그리움, 기다림이 뭍을 향하지만, 끝내 닿지 못할 듯 애절하다. 참다못한 제주의 바람이 드디어 땅에 닿고, 바람은 태평양을 넘어 저 먼 우주로까지 바라보라고 부추긴다. 세상은 제주가 다가 아니라고, 제주 그 너머의 세상도 기다리고 있다고, 잠시 잊어도 괜찮고, 두 손에서 내려놓아도 변하는 건 없다고.

그리 말해 봐도 가슴에 박힌 고통은 놓아지지 않는다. 사람의 등이 굽고, 나무가 굽고, 초가집과 말마저 등줄기가 줄어들지언정 떠나지 않는다. 제주를 버리지 못한다. 그토록 그리운 것들이 저 바다 건너 땅에 있을지언정 그저 그리움만 가슴에 품고 살자고 작정한다. 세상의 어떤 사랑도 제주를 넘지 못하고 돌아서야 하며, 그 땅을 그리는 일이 목숨을 넘어선다.

드디어 제주의 바다가, 들이닥친다.

바다 밑바닥까지 뒤집어엎을 태세이더니 이내 물길을 잡아 가라앉힌다. 녹청색의 그 바다 물빛이 마음을 달래준다. 살살 달랜다. 제주에 사는 사람들의 가슴속에 숭숭 난 구멍을 메워준다. 얼마 전 다녀온 오키나와가 가슴 밑바닥에서부터 치밀어 올라온다. 그곳에서 발아된 내 안의 감정들이 스멀스멀 나를 건드린다. 같은 섬이고, 깊은 상처를 입은 땅이다. 고립된 섬에서 사람들의 삶이, 마음이 위리안치라도 당한 듯 굳게 닫혀 있다. 섬과 섬이 이어지면서 나도 순간, 섬이 된다.

4·3 공원의 조각상을 어루만지며 진혼곡을 속으로 부르며 달래었다. 나는 모차르트의 〈라크리모사〉 슬픔의 날을 떠올리며, 기도했다.

저들을 가엽게 여기소서.

그들을 용서하소서.

그들에게 안식을 주옵소서.

하루 종일, 눈물이 나왔다. 아침에 김녕 해변을 걷다가 눈물이 나왔던 게 이걸 보려고 그랬나 보다. 남은 자들이 할 수 있는 게, 뭍의 것들이 할 수 있는 게 아무것도 없어서 그저 조각상만 어루만졌다.

바람이 불지 않고, 걸어왔다.

정말 황량하고 고독한 그런 곳들요.

그러다가 황량한 내 마음을 찾아내어

둥지를 틀었지요. 그 빈 가슴 속에….

- 괴테의 서동시집 〈사랑의 서〉에서

저 한 구절에 의지해 떠난 여행이다. 3개월 동안 책을 쓰면서 많은 이야기와 사람들을 책 속에서 만났다. 출판사에 원고를 넘길 때쯤에는 이야기들이 목까지 차올라 구토에 시달렸고, 세상에서는 자꾸 헛발만 내딛었다. 글이 내 목을 쥐고 밥이 넘어가는 걸 막았고, 몸은 책 속의 세계에서만 살아 움직이는 좀비 같았다. 도망가야 했다. 어디로든….

황량해지고 싶다. 황량한 땅으로 가자. 황량한 내 마음을 데리고 잠시라도 피하자. 생각한 대로 황량하고, 건조하고, 느리고, 아름다워서 계속 보지 않아도 되고, 볼 게 적어 그저 멍하니 있으면 되고, 마음마저 황량해져서 편하고 좋은, 오키나와 섬.

"오키나와가 일본에 속한 것이 아니라, 일본이 오키나와에 속한 것이다."라고 말한 오에 겐자부로. 그가 쓴《오키나와 노트》를 읽고 와서인지, 도시가 무겁고 깊게 다가온다. 아무도 본토의 오키나와에 대한 시선과 외침, 울분을 표현하지 않을 때 용감하게 쓴 작가이다. 존경스럽다. 작가란 꼭 봐야 할 것을 지나쳐도 안 되지만, 써야 할 것도 꼭 써야 한다. 그게 바로 작가의 눈이고, 용기이며, 힘이다.

이 도시는 무엇보다 사람들이 매우 조용하고, 오키나와에 대한 자존심이 큰 것 같다. 의욕이 넘치는 분위기는 아니다. 수줍음과 미숙한 느낌마저 든다. 미군과 본토에서의 차별과 억압, 소외감은 그들을 큰 소리로 말하게 하지 않았다. 그들은 눈치를 살피고 목소리를 낮추는 법을 먼저 배운 듯하다. 어딘가 움츠러들었다. 따스한 곳이라는 것과 달리 바다에서 불어오는 바람이 제법 세서 그랬을까.

《오키나와에서 헌책방을 열었습니다》란 책을 써서, 우리나라에서 더 유명해진 울랄라 서점 언니를 찾아갔지만 일찍 퇴근해 결국 못 만났다. 그런데 서점을 찾으러 가는 길에 속이 울렁대는 분위기의 골목이 거기에 있었다. 시장 안 골목의 작은 주점에서는 오키나와의 역사를 도모한다며 객기를 부려도 좋을 대화가 있고, 소곤소곤대는 행복한 이야기들이 흘러나왔다. 역시 삶은 막는다고 될 일이 아니다. 겉으로 막아도 속을 막을 수는 없다.

저렇게 멋진 뒷골목들이 숨어 있었다.

여행에는 일상이 없다. 뭔가의 결정과 마무리가 있다. 일상이 없어 일상의 삶이 잘 드러나고 보여서인가. 눈만 돌리면 바다가, 또 돌아보면 자위대와 미군기지, 부속품인 빌리지들이 눈에 들어온다. 알고 갔어도 등줄기와 머리끝이 서늘하다.

우에마 요코의 《바다를 주다》를 읽으며 나는 떨리는 가슴을 내려놓지 못했다. 오키나와 사람들이 겪는 분노의 대규모 항의에, 단지 그 분노의 파워를 느껴보러 구경 오겠다는 본토 사람들을 보며 그들은 어땠을까. 작가는 바로 그게 일본과 오키나와의 관계라고 말한다. 오기 전에 이해하기 어려웠던 게 희미하게나마 손에 잡히는 것 같다. 절실한 이야기를 해야 하는데, 지나치게 절실한 나머지 입 밖에 내지 못하는 오키나와 인들의 마

음. 우에마 요코는 바다를 혼자 품는 것이 더 이상 불가능하다며, 독자들에게 바다를 주겠다고 한다. 나는 그 바다를 얼마나 받아들고 온 걸까.

두 개의 섬에 내 섬을 얹었다.

섬은 고립된 것 같지만, 그 반대로 사방이 트여 있는 형체이다. 어디로든 갈 수 있다. 하지만 마음이 붙드니 어디로든 가지 않고 떠나지 못한다. 제주의 바다가 오키나와에 닿고, 절실한 마음에 대한 절실함이 서로 이어져 있다. 섬과 섬이 서로를 이해하고 위로한다.

두 섬을 바라보며 나는 조금 착잡해진다. 나의 섬은 어쩌랴. 그 안에 부는 미친바람을, 거세고 거친 바람을, 소리 내지 못하는 무음의 바람을 어느 주머니에 담아야 할까. 아니 어디로 날려 보내야 할는지….

그때 바람이, 불지 않고 걸어왔다.

안개 속을
헤매는 것은

길이 아득하다.

제주 중산간 길이 짙은 안개에 싸여 한 치 앞이 보이지 않는다. 아침인데도 라이트를 켜고 달린다. 아니 달린다기보다 느리게 스쳐지나간다. 제주 사람도 아니고 외지인인데, 처음 온 이 길에 이렇게 안개가 가득 채워져 있다니…. 모두 숨을 죽이고 앞을 응시한다. 아무 말은 안 해도 염려와 기도하는 마음은 같으리라. 나는 혹여 놀란 동물들이라도 길 위로 튀어나올까 조바심이 난다.

안개에 가려진 길은 우리를 또 다른 세계로 이끈다. 영화 속에나 나올 법한 신비한 세계로의 입성이다. 우리는 두려움 속에서도 순진한 아이들마냥 웃는다. 웃음에 안개가 잠시 걷히는 느낌이다. 하지만 길은 갈수록 험해지고, 앞은 당최 보이질 않는다. 초행길이니 얼마를 더 가야 할지 짐작할 수 없다. 내비게이션의 안내에도 마음은 간 데 없고, 길은 하염없이 길게만 느껴진다.

"기도가 필요해!"

동행 중 한 사람이 기도를 시작한다. 그런데 이걸 뭐라고 해야 하나. 어디에선가 느닷없이 차 한 대가 나타났다. 어두운 길의 길라잡이다. 아, 이런 게 제주가 여행객들에게 내어 주는 사랑인가 보다. 우리는 유치원 아이들처럼 그 차 뒤를 따라 갔다. 갑자기 운전하는 이의 어깨가 가벼워지는지 농담을 한다. 힘든 인생길에 좋은 선배나 멘토가 있다는 것은 하늘이 내려 준 선물이다.

마음이 편안해진다. 그제야 차창 밖의 경치가 눈에 들어온다. 길 양쪽으로 늘어선 삼나무와 편백나무가 시원스레 뻗어 있고, 그 나무들 사이사이로 짙은 안개가 곱게 들어앉았다. 잘 생긴 나무들을 휘감은 듯, 보드랍게 감싸 안은 듯 그 특유의 풍광에 신비감이 더해진다. 비가 내린 뒤의 안개는 산을 온갖 생명력으로 숨 쉬게 하고, 달큼한 휴면(休眠)의 시간을 선사하며, 눈부신 맑은 태양 아래로 떠날 준비를 하는 설레는 기대감이 있다.

안개에 덮인 세상은 다 드러내지 않은 아름다움이, 미완(未完)이 아니면서도 마치 그처럼 보이는 완성의 모습이 숨겨져 있다.

아니 완성의 완벽함이 아니라 모자라거나 황폐한 상처를 그 안개의 베일로 가려주는 일이 더 많을지도 모른다. 안개 저편의 세상은 순간, 비밀이다. 안개를 헤치고 그 세계로 들어가면, 혹 두 손 안에 비밀의 신비로운 결정체를 잡을 수도 있을지 모른다. 아무도 알려주지 않는 삶의 비밀이 거기에 있을지도. 허나 불현듯 이 모든 게 환상이라는, 허무한 감정이 훅 올라온다. 잠시 마음이 시달린다. 허무가 불러올지 모르는 그 마지막 시그널이 슬쩍 두려워진다. 이 아름다운 장면에 허무라니…. 하긴 안개의 모습이 허무의 언어와 닮긴 했다.

오늘 아침, 절물공원의 안개 낀 풍경.

그 속으로 다시 걸어 들어가 본다. 안개가 설핏 지나칠 뻔했던 내 안의 감성을 기어이 불러낸다. 가는 비가 내리는데도 우비를 입고 걸었던 절물공원의 길과 나무들, 구름처럼 나무 사이를 떠다니던 희미한 안개가 떠오른다. 안개, 하면 생각나는 시인 헤르만 헤세. 그는 시 〈안개 속에서〉에서 살아 있다는 것은 고독하다고 표현했다.

> 안개 속을 헤매는 것은 이상하다.
> 덤불과 돌은 모두 외롭고

나무들도 서로가 보이지 않는다.

모두가 다 혼자이다….

사람들은 서로를 알지 못하고, 모두가 혼자라고 끝맺는 그의 시를 입 안으로 중얼거리며, 나는 잠시 일행과 떨어져 나무들 사이로 난 길을 혼자 걸었다. 결국 혼자인가.

홀로 태어난 그 순간부터 마지막 순간 사이에 그저 잠시 사람들과 함께 지냈을 뿐. 종내 받아든 답안지는 모두가 혼자라는 빳빳한 답변일 수밖에는 없는 걸까.

순간 안개 속을 헤매기보다는 그 속으로 들어가 차라리 안개가 되고 싶은 마음이다. 어쩌면, 그럴 수만 있다면 안개 너머로 사라져 버려도 좋겠지. 헤세처럼 존재의 절대적 고독을 느끼거나 혼자라는 외로움을 굳이 가질 건 없지만, 내 안의 고독을 잠시 불러내어 그 손을 잡고 함께 걸어보는 것도 근사하겠지. 고독이 퍼져나가는 자리에 서서, 안개의 냄새를 맡으며 헤세에게 고개를 끄덕여 주고, 그의 시에 대해 이야기를 나누는 것도 더할 수 없는 느낌이겠지.

이제 그만 돌아오라고, 나를, 불렀다.

뒤돌아볼까 말까 하다가 결국 그들을 향해 손을 흔들었다. 나의 환상을 안개 속을 비집고 얼른 꿰매었다. 아무도 모르게….

안개와 나만 아는 비밀. 잘 생긴 비밀 하나로 나는 가슴이 두근거리고 행복해졌다. 일행을 향해 걸어 나오며 환한 웃음을 골라잡았다.

안개가 닿은 나무와 나뭇잎들에게서 튕겨 나오는 작은 물방울들이 내 온몸에 습습함을 더해 주더니, 어느새 숲속의 작은 앙상블 연주라도 들은 듯한 상쾌한 기분이 들었다. 행복이 날개를 다는 순간이었다.

아, 안개 속을 헤매는 것은 참으로 이상하다.

그날 아침, 절물공원에는 고요한 침묵의 소리가 안개 속을 헤매고 있었다.

※

아부 오름의 숨결

아부 오름이 저만치에 보인다.

안개 때문에 뭐가 보이려나 싶었지만 안내해 주는 이의 말을 따랐다. 그런데 차 문을 열자 큰 개 한 마리가 떡하니 서 있다. 나는 놀라서 얼른 문을 닫았다. 가슴이 쿵쾅거렸다. 아니 이 산 속에 개라니…. 웬 개지? 들개인가?

"저기 좀 봐. 개 가족이야."라고 일행이 외친다.

짙은 안개 속 개 가족의 출현. 그들은 차 안의 우리를 쳐다본다. 슬픈 눈으로—. 우리는 망설이다가 먹다 남은 빵들과 과자들을 모아 차창 너머로 던졌다. 버릇이 될지도 모른다는 우려도 있었지만 배고픈 동물을 모른 척할 수 없었다. 게 눈 감추듯 먹더니, 네 마리의 개는 또다시 우리를 쳐다본다. 그래. 너희들이 먹기엔 턱없이 부족한 먹이지. 얼마나 굶주렸겠니…. 다시 차를 뒤져 먹을 것을 겨우 찾아내어 던지니 아비 되는 놈이 홀랑 먹는다. 어미와 새끼들은 그저 쳐다보기만 한다. 아니 새끼를 먼저 주지 않고 제가 먹다니, 하다가 동물들의 자기 생존 법칙을 생각하며 미운 마음을 걷었다.

새끼들은 있어도 야생들개라 우리는 차에서 내리기가 무서웠지만, 그 힘든 안개 속을 헤치고 여기까지 왔는데 그냥 돌아갈 수 없다며 내리기로 했다. 마침 다른 차가 한 대 도착했다. 아비 개가 얼른 그 차로 다가간다. 거기서도 우리에게 했던 것처럼 한다. 우리는 그 사이에 오름으로 올랐다. 그런데 새끼 두 마리가 쫀랑대며 따라 오른다. 어미와 아비 개는 따라오지 않고 저 멀리서 그저 쳐다보기만 한다. 오르면 이내 배가 고파진다는 것을 알기라도 하듯이….

철없는 강아지 두 마리와 일행 넷이 오른 아부 오름 맨 위에는 그저 안개만 한바탕이다. 그 아래 경치가 아름답다는 말은 바람처럼 흘러간다. 아무것도, 그 어느 것도 보이지 않는다. 무언가 보려고 올랐던 오름은 끝내 아무것도 우리에게 내어주지 않았다. 그런데 이상하다. 마음이 편안하고, 그 짙은 안개 속 너머에 있는 풍경이 절로 그려진다. 아니 사실 그려지지 않아도 좋았

다. 이런 막막한 감정을 갖는 것도 오랜만의 일이다. 어딘가에 목표를 두고 오르면 뭔가 꼭 얻어내야만 하는 인간의 속성을 이곳에 와서 잃게 되다니, 이게 바로 오름의 숨결인가.

안개 바람을 뚫고 우리는 천천히 내려왔다. 새끼들은 뒤도 안 돌아보고 어미와 아비가 있는 곳으로 달려가고, 그 순간 우리는 차에 올라 문을 닫았다. 약간 불안했던 마음에 안도의 숨이 나온다. 시동을 거는 동안 뒤를 돌아다보니, 네 마리의 개 가족이 떠나가는 우리를 멀뚱히 쳐다보고 있다. 여전히 그 슬픈 눈을 하고서. 차가 달리자 그들이 멀어져 간다. 그러더니 이내 안개가 가득한 숲으로 사라진다. 아마 거기에 그들의 집이 있는 모양이다. 개들의 안식처가 숲이라니…, 소실점으로 멀어져가는 숲 속의 긴 길을 바라보다 나는 고개를 돌려 차창 밖을 내다보았다.

'아마 저 아비 개는 자유와 방랑 기질이 많은 개일 거야. 작은 우리에 갇히느니 배고파도 자유를 택한 거야. 그 가족은 아비를 따를 수밖에 없는 것이고….'

그러면서도 우리가 만난 그 개 가족이 혹시 환영은 아니었을까 싶었다. 모든 것이 꿈결 같다.

막연한 불안

우리나라에 제주 같은 섬이 두 개, 아니 하나라도 더 있으면 얼마나 좋을까 하는 생각을 늘 한다. 자원이 부족한 나라이니, 제주처럼 아름다운 섬이라도 몇 개 더 있으면 어깨가 펴질 것만 같다. 경제적으로나 정신적으로나…. 잠시지만 삶을 쉬어갈 수 있는 섬이 있다는 것은 가슴속에 행복을 담을 수 있는 바구니이다.

제주로 가는 길은 언제나 비행기이다. 배도 있지만 나는 결코 선택하지 않는다. 뱃길에 대한 두려움도 있지만, 공항에서 나왔을 때 갑자기 무대가 바뀌는 장면 전환이 환상적이라서 더욱 그렇다. 서울과 완연히 다른 느낌이 드는 제주의 첫 풍경은 '와우!'로부터 시작한다. 한 시간 만에 '섬'에 도착한다는 것은, 그런 섬이 우리나라 안에 있다는 것은 그야말로 멋지지 않은가. 게다가 전혀 다른 분위기의 야자수가 있는 거리는 제주를 그리워하게 하는, 유혹의 출발점이다. 올레길이니 멋진 카페니 볼 것이 천지인 제주도이지만, 내게는 언제나 첫 장면의 첫 발걸음이 제일이다.

나는 섬에 대한 트라우마가 있다. 몇 년 전 남프랑스 여행 중 마르세이유 항구에서 이프If 섬으로 가는 배를 탈 때였다. 원래는 알렉산드르 뒤마가 쓴 〈몬테크리스토 백작〉의 배경인 이프 섬으로 가서, 소설의 주인공인 에드몬 당테스가 살았던 성 안을 둘러보며 억울한 누명을 쓰고 14년을 갇혀 살아야 했던 그의 고통의 삶을 만져볼 예정이었다. 하지만 전날 밤 폭풍이 와서 출발하기 1시간 전에야 배가 뜰 수 있었고, 이프 섬 앞에 배를 댈 수가 없어 '바람의 섬'으로 불리는 근처의 작은 섬으로 방향을 바꿨다.

나는 아무런 생각 없이 배를 탔다. 바닷속에 소용돌이가 숨어 있다는 것을 전혀 눈치 채지 못했다. 만약 알았더라면 절대로 배를 타지 않았을 것이다. 바다 중간쯤 갔을 때 배가 요동치기 시작했다. 항구 가까이에서 그렇게 잔잔해 보이던 바다는 광기 어린 조롱의 물길을 감추고 있었고, 순식간에 공포에 휩싸였다.

선배가 "죽지 않아. 걱정 말아." 하며 달래 주었지만, 사실 죽는 게 두려운 건 아니었다. 몸이 딱딱하게 경직되고 숨을 쉬기가 힘들 정도로 등줄기에서는 땀이 마구 흘렀다. 평소 담대하고 씩씩해 보였기에 나의 그런 모습을 주위 사람들은 이해할 수 없었다. 맥없는 존재—재미있을 법한 파도놀이에 온몸이 두려움으로 찢기었다. 공황장애와 공포증을 앓고 있는 사람들의 상황은 오로지 그들만의 몫이다. 남에겐 쉬운 한 걸음이지만 그들에겐 태산 같은 한 발자국이다.

그 뒤로 섬에 갈 때에는 마음의 기운을 모아야 했다. 섬 안에도 전혀 섬처럼 보이지 않는 산도 있고 들판도 있고 건물들도 있지만, 나에게 섬은 오로지 섬이다. 장 그르니에의 〈섬〉이 아무리 아름다워도 그곳은 갇힌 땅이며, 잠시 후에 떠나야 할 곳이며, 때도 없이 육지를 향해 탈출하고자 하는 욕망에 시달리게 하는 대상이다. 특히 안개가 짙게 낄 때의 섬은 영원히 뭍으로 나아가지 못할 것만 같은 '불안한 기운'에 휩싸이게 한다. 아쿠타가와 류노스케가 밝힌 자살 이유가 '막연한 불안'이라고 했던가. 그 막연함이 내내 불안하다. 아니 이런 모든 환상과 집착도 단지 오랜 세월을 육지에서만 살아온 삶의 습성일 뿐이라는 것을 알지만, 그 습(習)의 더께를 걷어내기란 쉽지 않다.

7년 전, 나오시마 여행을 마치고 한국으로 돌아오는 날 아침. 다카마쓰 공항에 비가 내리고 안개가 심해 비행기가 못 떠 내일이나 출발할 수 있다는 전언이 왔다. 며칠 뒤에 제주도에 가야 하는데…. 스케줄이 엉키면 안 되는데 하는 생각에 마음이 불안해지기 시작했다. 섬에서 섬으로 가는 여행이 이어져 있다. 섬이 내 마음을 당기고, 마음이 절로 당겨진다. 몇 번을 갔지만, 제주는 매번 다른 모습을 보여주었다. 이번엔 제주의 가슴에서 무엇을 꺼내줄지 설레는 참이었는데.

다행히 반대편 지역에 있는 마쓰야마(松山) 공항에서는 서울행 비행기가 출발한다는 말에 그곳으로 향했다. 단지 두 시간 정도의 거리일 뿐이다. 비는 부슬거리며 계속 내렸다. 안개가 온 도로에 펴졌고, 내 마음엔 옅은 불안이 스며들기 시작했다.

그런 마음을 들키기 싫어 차창 밖을 내다보았다. 여전히 거리엔 사람들이 없다. 아무리 지방도시라고는 해도 이 시코쿠에선 참으로 사람 보기가 어렵다. 도대체 이 도시의 사람들은 다 어디에 있는 걸까. 그런데 그때 걸어가는 두 사람이 눈에 들어온다. 두 사람이 하얀 옷을 입고, 머리엔 누런 삿갓 모자 같은 것을 쓰고, 손에는 지팡이를 짚었다. 이 비가 내리는데 어딜 저리 가는 걸까. 도통 서두르지도 않는 걸음이다. 그제야 생각이 났다. 아, 저게 바로 시코쿠 순례라는 거로구나.

카미노들이 산티아고의 길을 걷듯이 오 헨로 상이라 불리는 수행자들이 시코쿠 섬의 해안을 따라 88개의 절을 순서대로 돌아보는 1,200km의 장거리 순례길. 인간에게 존재하는 88개의 번뇌가 사라져 심신이 맑고 깨끗해진다며 처음엔 승려들이 종교적 의미로 돌았으나, 이 순례를 마치면 소원이 한 가지씩 이루어진다는 말에 일반 사람들도 많이 온다고 한다. 두 의미가 상반되긴 하지만 자기의 삶을 되돌아보고 마음을 내려놓다 보면 절로 원하는 바를 얻을 수 있으리라. 그곳이 산티아고 길이나 제주의 올레길, 시코쿠의 길이든 무슨 상관이랴. 길은 그저 길이고, 사람들은 길이 있으니 걷고 또 걷는다. 각자의 삶을 달팽이처럼 등에 얹고서…. 나는 오 헨로 상이 입는 하얀 옷이 걷다가 죽었을 때 바로 장례식을 치를 수 있는 수의를 상징한다는 말에, 그토록 삶과 죽음에 대한 절실함을 안고 걸어야 하나 싶어 마음이 서늘해졌다.

그리고 2023년 봄, 다시 제주의 섬을 찾았다.

마음으로 받지 못하고 그저 귀로 흘려보냈던 4·3 사건을 처음으로 두 손으로 만졌다. 같은 나라에 살면서도, 제 손끝이 아니라 남의 등을 긁듯이 겉으로만 느꼈던 것이 부끄러웠다.

나는 그 전말의 진상을 말할 수 없다. 하지만 한 가지는 똑바

관람로

로 말할 수 있다. 어떤 상황에서도 사람을 그렇게 잔인하게 죽여서 수많은 사람들을 제주의 땅에 묻는 일을 해서는 안 됐었다는 것을, 그 피를 대를 이어 뼛속까지 독하게 흐르게 하지 말았어야 했다고, 후대에 생명을 제대로 전달하지도 못하고 사라지는 기막힌 슬픔은 애초에 없어야 했으며, 마을 전체가 흩어져 주검으로 돌아오는 일을 역사 속의 사건으로 기록하는 불행한 일은 결코 일어나지 말았어야 했다는 사실이다. 절대로.

제주의 한 바퀴를 순례해야 할까.

88개의 절을 돌아보는 1,200km의 장거리 시코쿠 순례 길처럼…. 올레길이 있지만 그건 애초의 목적이나 의미가 달라서 제외한다. 인간에게 존재하는 88개의 번뇌가 사라져 심신이 맑고 깨끗해진다는데, 이 순례를 마치면 소원이 한 가지씩 이루어진다는데 해보고 싶다. 전국에서 내려온 사람들이 오로지 4·3만을 위한 기도의 순례 길을 나선다면, 땅이 거칠게 일어서지 않고 부드러워지려나.

서울로 가는 제주공항에서 생각한다. 이런 슬픔을 겪어야 하는 제주가 더 있어야 할까. 갑자기 대답할 자신이 없어진다. 야자수의 거리를 등 뒤에 남기고 삭막한 땅으로 향하면서, 나는 가슴이 먹먹해져서 불안을 덥석 잡고 말았다.

이
용
옥

추억은 시간 속에 풍화돼도 기억은 작품 속에 남아 있다
안다는 것은 받아들인다는 것, 기쁨도 슬픔도,
영광도 치욕도 있는 그대로 보듬어 안는다는 것
한겨울, 바람 속에서 섬 하나를 만났다
그 서늘한 뜨거움. 녹음 속 열기 식히는 풍혈이다
마음에 아로새겨진 그리움이다

다 좋다

-

우공과 선달

-

액자 속 두 남자

-

꽃이 보고 싶었네

이용옥

수필가, 문학평론가

저서: 수필집 《석모도 바람길》

다 좋다

눈을 떴다. 비쳐드는 빛줄기. 살며시 일어나 커튼을 들춰본다. 넘실거리는 푸른 바다, 반짝이는 햇살. 오월다운 싱그러운 아침이다.

딸과 둘이서만 이 섬에 온 게 벌써 세 번째다. 그때마다 제주는 비가 오거나 추웠다. 뭍보다 따사롭기를 바랐건만 남녘의 섬은 우리를 외면하며 냉혹한 현실을 일깨웠다.

딸의 나날은 추웠다. 대학을 졸업하고도 전공을 살리기는 쉽지 않았고, 일자리를 얻는 일 또한 만만치 않았다. 몇 개의 자격증을 따서 디밀어봤지만 희소가치가 적은 자격증을 환영하는 곳은 많지 않았다. 취직과 이직, 전직을 반복하며 보낸 시간들. 아이의 방엔 빠진 건지 뽑은 건지 알 수 없는 머리칼이 수

북했다.

한계에 다다랐다고 생각될 땐 딸과 함께 집을 나섰다. 입으로는 괜찮다 기다려보자 하면서도 나도 모르게 불안이 새어나올 때, 그땐 나도 아이도 떠나야 할 때임을 알았다. 섬사람들은 육지로 나와야 숨통이 틘다고 하지만 나는 섬에 오면 시름이 잊혔다. 사방이 툭 트인 바다에서 생각 없이 파도 위를 겅중거리다 보면 마음이 풀렸다. 비가 흩뿌리는 초겨울의 바다, 인적 드문 그곳에서 소리라도 맘껏 지르면 좋으련만 아이는 표정 없이 엉거주춤 서 있을 뿐이었다.

"날씨 어때요?"

돌아눕는 딸이 덜 깬 목소리로 묻는다. 햇살은 투명하고 바다는 잔잔하다고 말해준다. 아이는 조그만 소리로

"다행이네."

하고는 다시 눈을 감는다. 빛이 새어들지 않게 커튼을 여미고 침대 옆 의자에 앉아 아이 얼굴을 바라본다. 평화롭다. 갈등과 인내의 터널을 지나 얻은 시간, 어렵게 얻은 평화다. 아니, 어쩌면 이 평화는 나만의 것인지도 모른다. 소중하게 끌어안았던 꿈을 원하지 않는 무언가와 맞바꾼, 어쩌면 아이에겐 손해난 물물교환 같은 헛헛한 평화일지도 모른다.

딸에게 직장 생활이 어떤지 물으면 '다 좋다.'고 대답한다. 하

지만 나에겐 '다'라는 말이 걸린다. 현실에 맞춰 수정한 경로와 생경한 업무, 늦은 나이의 신입직원이 겪을 스트레스가 적지 않으련만 식구들을 안심시키려는 제 나름의 배려로 읽히는 것이다. 모처럼의 휴가계획으로 호텔을 잡고 비행기 표를 예약하며 딸의 얼굴은 그 어느 때보다 밝았다. 제 힘으로 어미를 이곳에 데려온 이 여행 역시 '다 좋다.'는 대답의 다른 표현이리라. 세상일이 어떻게 뜻대로만 될까. 다소 힘겨운 출발이지만 한발 한발 영역을 넓히며 터를 다져가기를 바랄 뿐이다.

"지난번 그 길 걸을까?"

자는 줄 알았던 아이가 불쑥 말을 붙인다. 사려니 숲길, 작년 초겨울 비가 오고 몹시 추웠던 날에 걸었던 길이다. 그때 나는 딸과 함께 그 길을 완주하고 싶었다. 쭉쭉 뻗은 삼나무, 겨울의 문턱에서도 잎을 떨구지 않고 푸르게 버티는 상록수 사이를 걸으며 아이가 제 삶에서 길을 잃지 않기를 바랐다. 어떤 어려움이 와도 꿋꿋하게 견디는 법을 무언의 나무들에게서 배우기를 원했다. 저 말고도 힘든 사람들이 곁에 있으니, 그들과 등을 기대고 온기를 나누며 춥고 스산한 삶을 헤쳐 나갈 의지를 갖기를 소망했던 것이다. 하지만 얼마 가지 못해 우린 돌아서야 했다. 아침에 먹은 음식이 얹혀 몹시 고생했던 아이. 딸에게는 결코 다시 가고 싶지 않은 길이었을 텐데, 의외의 제안이다.

아이의 한마디에 내 마음은 한껏 부풀어 오른다. 이런 날, 초록의 숲 사이로 스며드는 빛줄기를 온몸으로 맞으며, 소슬한 바람에 땀을 식히며, 딸과 함께 숲길을 걷는다면 얼마나 좋을까. 아이는 이미 그때의 내 마음과 의도를 모두 읽고 있었던 것 같다. 가지 못했던 길을 이어 걸으며 제 마음을 다지고 한번 더 어미를 안심시키고 싶은 속내. 시련 속에서 성숙해진 아이를 느낀다.

마음은 벌써 월든 삼거리를 거쳐 물찻오름을 향하고 있다. 오늘이야말로 '다 좋은' 날이 될 것만 같은 예감. 커튼을 열어젖히고 찬란한 햇살을 불러들여 딸을 일으킨다. 선물 같은 시간, 정말로 소중한 오늘이다.

우공과 선달

여자가 많다는 제주에서 남자를 만났다. 아무것도 없음에서 무엇인가 있음을 만들어낸 두 사람. 그 이름은 우공과 선달이다.

우공은 우공이산(愚公移山)이라는 고사성어의 주인공이다. 집 앞을 가로막은 산이 답답해 그 산을 옮기겠다는 90세 노인. 사람들은 무모한 계획을 비웃었지만 그는 아랑곳하지 않고 시도했고, 옥황상제의 도움을 받아 마침내 산을 옮기고야 만다. 원대한 계획, 무모한 시도, 마침내 성공, 그 과정이 우공에 못지않기에 그가 이름을 빌리는 값으로는 충분하지 않을까 한다.

겨울 정원은 삭막했다. 헐벗은 나무들과 분재, 쨍한 하늘과 바람만이 누런 잔디 위를 허허로이 서성일 뿐. 그럼에도 우리는 정원을 돌아봤고, 분재를 올려다봤고, 분재 소나무와 일반 소나무 이파리를 비교하며 감촉의 다름으로 암수를 논하기도 했다. 안내 차 설명하는 S교수의 분재 얘기나 중국의 교과서에까지 그 정원 이야기가 실렸다는 설명을 들으면서도 뇌리를 떠나지 않는 한 가지는 정원의 이름에 왜 '생각하는'이라는 수식어가 붙었을까 하는 거였다. 무엇을 생각하란 말인가, 어떻게, 왜?

정원을 거쳐 분재 하우스까지 둘러보고 밖으로 나왔을 때 눈썹이 허연 노인을 만났다. 직감으로 '그분이다.' 하는 생각을 하며 찬찬히 살펴보니 낡은 누비바지저고리에 벙거지, 흙 묻은 신발이 영락없는 농부다. 소박한 웃음 뒤에 농부로서의 관록이 느껴진다. 그분께 이 정원을 일구어낸 이야기를 들으면서 비로소 무엇을 생각해야 하는지 알 수 있었다.

사람들은 성범영 옹, 즉 우공님을 혼자서 만리장성을 쌓은 농부하르방이라 부른다고 했다. 팔순이 넘은 그가 서른 이전부터 정원을 만들기 시작했다 하니, 그것은 평생을 정원에 바쳤다는 말과 다르지 않다. 꼭두새벽부터 늦은 저녁이 되도록, 달이 뜨는 날엔 달빛 아래 작업을 계속했다 하니 과정이 머릿속에 그려진다. 돌과 잡목이 뒤엉킨 땅에 삽을 꽂고 곡괭이를 휘두르며 한 평 한 평 옥토로 바꿔갔을 젊은이의 희망과, 때때로 맞닥뜨

렸을 고독까지도 느껴진다. 1만 3천 평의 부지를 고르고 나무를 심고 풍경을 만들어낸 의지는 아무나 흉내 낼 수 있는 것이 아니다. 장 지오노가 지은《나무를 심은 사람》의 주인공 엘제아르 부피에 같은 사람이나 비교할 수 있을까.

나에게 있어 '생각하는'은 한 남자가 평생을 바쳐 이루어놓은 업적, 그 정신과 의지, 집념과 실천력에 대하여 생각하는 시간이었다. 그것은 그 정원에 얼마나 대단한 사람들이 방문했는지, 그들이 어떤 선물을 보내왔는지, 그가 어느 나라 교과서에 실렸는지 이전에 그냥 위대한 것이다. 평범한 육척 단신의 남자가 자신의 손과 발, 온몸으로 뜻한 바를 이루어냈다는 사실 하나만으로도 인간승리다.

더 멋진 것은, 우공이 방대한 정원을 만들고 나서도 근사한 직함을 갖고 우쭐거리거나 높은 자리를 지키려는 욕심 없이 한 사람의 농부로서 나무 돌보는 일을 계속하고 있다는 것이다. 그것은 생각하는 정원을 성공의 수단으로 삼은 것이 아니라 자기 자신의 분신으로 생각하기에 가능한 일인 것 같다. 우공의 낡은 옷에 묻은 흙먼지마저 근사해 보여 그 정원의 어떤 무엇보다도 눈썹 허연 옹이 더 돋보였다.

두 번째 남자는 선달이다. 그는 대동강물을 팔아먹은 봉이 김

선달만큼이나 기지가 넘치고 아이디어가 풍성하다. 실없는 농담과 허풍스런 입담, 모노개그라도 하는 듯한 현란한 말솜씨. 그의 재치에 빠져 웃다 보면 이 선달에겐 그 선달과 다른 '뭔가가 있다.'라는 의심이 든다. 그의 영토인 탐나라 공화국은 발을 들이는 절차부터 남달라 출입국사무소를 거쳐 여권까지 소지해야 한다. 아무것도 없으니 아무거나 시작했다는 그의 말처럼 그곳은 쓰임이 다한 '아무거나'가 만든 상상과 창의의 공간이다.

그의 공화국을 이루는 주요 소재는 폐자재들이다. 공병과 고철, 헌책, 헌 그릇, 헝겊쪼가리…. '헌'씨(氏)와 '폐'족(族)이 그의 나라에 들어서면 PT를 받고 성형을 한 여인처럼 모습을 바꾼다. 납작해진 맥주병과 소주병이 탐나라 담장의 무늬를 만들고, 쌓아올린 빈 드럼통은 로켓이자 성문이며 거대한 깃대가 된다. 헝겊쪼가리들은 그림과 글씨를 품고 훌륭한 실내 장식품이 되고, 용광로를 통과한 고철은 철판으로 얼굴을 바꿔 오리고 자르고 파내는 사이에 갖가지 무늬의 장식품으로 재탄생하며, 떨어져 나온 조각마저도 제각각의 의미가 되어 예술품으로 둔갑한다. 쓰레기조차 그의 뇌를 통과하면 '쓸 애기'가 되어버리니 그 나라에 입국한 잡동사니들은 무슨 역할이든 하지 않을 방도가 없다. 가장 놀라운 것은 거대한 헌책 도서관. 엄청난 양의 책들이 만들어내는 낯설고도 새로운 분위기다. 공간마다 스토리를 입히고 의미를 부여한 말의 홍수, 언어의 유희. 그 속을 지나다 보면 그것은 그냥 말, 그냥 유희가 아니라는 감이 온다. 쓸모없다고 낙인찍힌 모든 것에 새 생명을 부여하고 존재의 의미를 되새기게 하는 놀라운 능력. 생각 없이 웃으며 생각 없이 생각하게 하는 그것은 이루어 놓은 이의 생각의 깊이와 무관하지 않으리라는 생각이다.

탐나라 공화국의 모든 것들은 아무것도 없는 곳에서도 무언가를 볼 수 있는 창의적인 눈과 자기 자신이 하고 있는 일에 대한 확신, 그리고 실천력이 만들어낸 결과물이다. 다소 허황되어 보이는 상상들이 새로운 문명의 씨앗이었고, 문화발전의 원동력이 아니었던가. 하늘을 날겠다는 어이없는 꿈이 비행기를 만들어 냈던 것처럼.

그 일을 한 사람이 선달, 강우현이다. 허풍쟁이 만담꾼 같은 그의 공화국에 한발씩 다가설 때마다 선달의 새로운 면모를 느낄 수 있었다. 예술가로서의 단단함과 창의성의 깊이. 장난 같은 말 속의 진지한 의도, 생각만이 아닌 실행으로 모든 것을 바꿔버린 기인(奇人). 그의 공화국은 다음 방문이 가장 기대되는 곳이다. 아직 보지 못한 것이 많기 때문이기도 하지만 현재에 머무르지 않고 끊임없이 새로운 상상과 철학을 덧보태리라는 믿음, 안주하지 않고 더욱 재미있게 변신하리라는 기대 때문이다.

사람만큼 대단한 존재가 있을까. 우공과 선달은 이 세상에 없던 것을 만들어낸 사람들이다. 힘을 쓴 사람, 머리를 쓴 사람, 침묵이 어울리는 사람, 언어가 무기인 사람, 너무나 다른 둘 사이에는 커다란 공통점이 있다. 무모한 집념. 그들은 할 만한 것을 하고 될 만한 것을 이룬 사람들이 아니다. 아무나 하기 어려운 일을 한 대단한 사람들이다.

여자 많다는 제주에는 멋진 남자 둘이 있다. 그래서 내 발걸음은 자주 그곳을 향할 것 같다.

✣

액자 속 두 남자

꽃은 피고 새는 날고 담장을 둘러 싼 나무는 튼실한 가지 뻗어 열매를 이헌다. 지붕 아래 남녀는 마주앉아 밥을 먹고, 차를 마시고, 술 한잔을 더해 분위기를 돋운다. 어느 햇살 맑은 날엔 골프채 들고 필드를 누비며 나이스 샷을 연발하리라. 벙커에 빠진 골프공마저 희망으로 둥싯거릴 것 같은 그림. 반라의 발레리나가 창공을 날며 온몸으로 생을 찬미한다.

바람이 분다. 천지를 뒤바꿀 듯 모질게 부는 바람. 널뛰는 파도에 파르르 떠는 섬, 부러질 듯 휘청대는 소나무와 깃발처럼 나부끼는 말갈기 사이에 간신히 몸을 기댄 남자. 믿을 것은 가느다란 나무지팡이뿐이다. 한 번도 정면을 응시한 적 없는 시선. 본 적 없는 그의 눈빛이 가슴을 휘젓는다. 깰 수 없는 침묵이 마음을 낚아챈다.

두 얼굴이다. 환희와 비애, 환락과 고뇌, 낙관과 비관…. 몇 개의 대비된 단어들이 머리를 스친다. 오 리 남짓 떨어진 거리에 자리한 왈종미술관과 기당미술관에서 이왈종과 변시지의 그림을 만났다. 찬란한 오월 아침에 기지개를 켰는데 섣달 저녁 스산한 바람 속으로 내던져진 느낌, 두 화백의 그림은 극에서 극이라는 표현이 어울릴 만큼 다르다.

제주의 오월, 신록은 푸르고 귤꽃의 향기는 달다. 수국나무 고갱이마다 맺힌 연둣빛 꽃송아리는 머잖아 피어 섬을 밝힐 게다. 이런 풍경 아래에서는 입꼬리를 좀 올리고 웃음소리를 높여도 되지 않을까. 이 화백 그림 속 노루처럼 팔딱이거나 골프 치는 사람들처럼 떠들어대도 괜찮지 않을까. 어차피 태어난 인생, 누리고 즐기며 총천연색으로 살다 가면 그만이지…. 나는 왈종 화백의 그림 같은 제주의 풍경 속을 경쾌하게 콧노래 부르며 걷고 싶다. 그런데 그가 따라온다. 가느다란 지팡이에 굽은 몸을 의지한 채 온갖 바람을 끌고 다니는 사내. 이런 아름다운 풍경을 보면서 그는 왜 그렇게 황량한 그림을 그려야 했을까.

태양이 물들인 황톳빛 하늘과 바다. 바람·파도·오두막과 소나무. 까마귀 떼와 말 한 필이 소재의 거의 전부다. 그들에겐 각자의 빛깔이 없다. 오직 누렇거나 검을 뿐. 제주의 상징물들로 제주 사람들의 척박한 삶을 그렸다는 그림의 주인공은 남자다. 오두막 벽에 기대 다리를 뻗고 팔을 늘어뜨린 채 고개를 떨구거나 다리 사이에 머리를 박고 웅크린 자세로 오두막 지붕 위에 앉아 있는 그. 남자는 폭풍 속에서 맥없이 서 있기도 하고 구부정한 자세로 힘없이 걷기도 한다. 몸은 무겁고 마음은 불안하며 미래는 암담해 보인다. '나는 왜 여기 있으며 어디로 가야 하는가.' 그는 끊임없이 회의하고 있는 것만 같다.

액자 밖의 내게까지 마음이 전달된다. 슬프고 적막하다. 불안하고 고독하다. 해야 하는데 할 수 없는 무력감, 해놓았는데 이룬 것 없는 허무감. 스무 살 남짓의 나, 오직 한 번이라는 전제하에 얻은 대학 진학의 기회를 허무하게 날려버리고 좌절에 빠져 있던 내 모습이 겹친다. 그땐 나도 남자처럼 어둔 방 벽에 기댄 채 세상이 끝난 듯 널브러져 있었지, 도리질하며 방문을 걸어 잠갔었지. 돌아보면 길은 단 하나만도 꼭 그것만도 아니었는데….

머릿속에서 변 화백을 지우고 왈종의 그림 속으로 다시 들어선다. 제주의 아름다운 풍경, 그 속에 내가 있다. 나는 그림 속 남녀이기라도 하듯 남편과 같이 드라이브를 하고 맛있는 음식

점을 찾아다니며 밥을 먹는다. 바다가 보이는 멋진 카페에서 차를 마시며 웃고 떠든다. 그리고 그의 손을 잡고 걷는다. 자유, 오랜만에 얻은 시간. 오늘이 오기까지 쉽지만은 않은 나날이었다. 나는 지금 남편의 퇴직으로 오랫동안 꿈꿔왔던 제주살이를 실현 중이다. 평화와 휴식, 그리고 여유. 금지된 것은 없다. 조급할 것도 서두를 것도 없다. 하고 싶은 대로 하고 쉬고 싶은 대로 쉬면 된다.

그런데 한계효용체감의 법칙은 경제용어만이 아니다. 제한없이 제공되는 시간과 마음대로 선택할 수 있는 일정은 거듭될수록 처음만큼 짜릿하지도 달콤하지도 않다. 오늘이 어제 같고 내일이 또 오늘 같을 시간, 표정은 덤덤하고 잡은 손은 느슨하다. 탈색한 경치와 지루한 놀이, 그 어디쯤에서 왈종의 그림을 지우고 다시 빈 화백을 떠올린다.

그는 이미 삶의 비밀을 알았던 걸까. 홀로 세상에 내던져진 고독감, 반복되는 일상의 권태, 아직 오지 않은 날들에 대한 불안과 마침내 오고야 말 종말에 대한 두려움. 그것들이 그림 속 남자의 시선을 붙잡아 힘 빠진 어깨, 늘어뜨린 팔로 비척거리며 길을 헤매게 했던 게 아닐까. 이 모든 것을 깨달은 화백은 '네 존재를 잊지 말라.'는 경구 같은 그림으로 인간의 원초적 고독과 생의 허망함을 상기시키려 했던 것이 아니었을까.

하지만 내게는 왈종의 유토피아가 이상향일 뿐이듯, 변시지의 디스토피아 역시 지나친 강박의 산물로 보인다. 폭풍 속에서도 꽃은 피고, 종말을 예측하면서도 사과나무를 심어 키우는 존재가 인간이다. 구름 사이로 보이는 하늘이 더 푸른 것처럼 부조리한 현실 속에서 순간순간 느끼는 기쁨과 즐거움이 삶의 실체일지도 모른다.

이제 나는 그들의 액자 속을 기웃거리지 않으련다. 이왈종의 그림만큼 현란하지도 변시지의 폭풍처럼 암담하지도 않은 잔잔하고 소박한 그림. 나만의 그림을 그려야 할 때다. 명도는 떨어지고 채도 역시 전만큼 높지는 않겠지만 거기엔 또 다른 안정과 깊이가 담겨 있지 않겠는가. 나는 액자 속 두 남자를 뒤로하고 옆에 있는 한 남자의 손을 다잡는다. 따뜻하다. 이 남자와 함께 갈 곳도 해야 할 일도 너무나 많다. 마주잡은 남편의 손에서도 힘이 전해진다.

바람이 분다. 마파람일까, 높새바람일까, 아니면 하늬바람일까. 이름을 알 수 없는 바람, 그 속을 걷는다. 오늘은 황우지 해안을 거쳐 동너븐덕을 지나 외돌개까지는 가야 한다.

✣

꽃이
보고 싶었네

꽃 보러 간 여행은 아니었지만 꽃이 보고 싶었네. 선홍빛 다섯 장 꽃잎 속에 금빛 수술을 말아 넣은 굵다란 꽃. 피어 하늘을 가리다 아무런 여한 없이 툭 떨어져지는 꽃. 그를 찾았지만 그는 없었지. 여리고 곱기만 한 개량동백뿐. 목마른 나그네 눈엔 먼나무 붉은 열매마저 꽃으로 보여 환시인가 눈꺼풀을 비벼대었네.

엉뚱한 곳에서 꽃을 만났지. 4·3기념관 안 작은 북 카페. 어린아이 동화책*에서 꽃이 지고 있더군.

툭.

툭.

툭….

꽃 지는 소리가 그렇게 애달플까. 전쟁 끊일 날 없던 섬. 전쟁 전에도 전쟁, 전쟁 후에도 전쟁, 어쩌면 지금 이 순간도 그것은 진행형이 아닐까. 내가 너를 못 믿고, 네가 나를 경계하는 시간. 마음도 사립도 온전히 열지 못하는.

그날, 경찰의 말발굽에 아이가 채이지 않았더라면, 그 경찰이 다친 아이 제 새끼인 양 품어 안았더라면, 성난 군중이 무심한 경찰 향해 돌 던지지 않았더라면, 그런 군중에게 경찰이 또 총구 겨누지 말았더라면… 역사의 물줄기는 달라졌을까. 시작부터 어이없는 이 사건이 그렇게 많은 사람을 해하고, 마그마 같은 원한을 땅속 깊이 묻을 일인가.

국가는 국민을 위해 존재한다지. 권력은 백성을 위해 쓰여야 하고, 나라는 민초들의 울타리라며. 그런데 대체 무슨 일인가. 백주 대낮엔 나라가 무섭고, 칠흑의 한밤엔 어둠의 권력이 두렵고. 잔인한 낮과 음흉한 밤의 경계에서 힘없는 백성은 죽어갔다네. 진짜 어미는 없는 솔로몬의 재판. 어미의 탈을 쓴 나라와 야차 같은 어둠의 권력은 죽어가는 아기의 비명에 귀를 막았네. 처절한 백성의 죽음에 눈을 감았네. 겉만 번드르르한 주의와 이념. 사람 귀한 줄 모르고 생명을 짓밟는 빌어먹을 그것들이 뭐란 말인가.

아이는 조롱박에 꽃을 담았네. 사립 밖은 공포, 울타리 너머는 전장. 탕탕탕, 죽음의 총소리 뒤로 지는

꽃.

꽃. 꽃.

꽃. 꽃. 꽃.

꽃.

아비가 죽고 형이 죽고 이웃집 아주머니가 영문 모르고 쓰러져간 곳. 삶은 죽음, 빛은 어둠. 눈물조차 허용되지 않은 참혹한 시간, 그 검붉은 원한을 지울 수 있을까. 엉켜버린 핏자국들의 숨죽인 공포를 떨쳐낼 수 있을까. 삶이 뭔지 죽음이 뭔지 자신이 누구인지도 알지 못할 어린아이는 핏자국 스민 자리마다 꽃을 놓았네. 잔인하게 꺾여버린 검붉은 동백, 그 처절한 진혼의 꽃을.

drawing by Davidielo

사람은 곧 하늘, 하늘은 곧 사람. 누구도 건드리지 못할 고귀한 존재. 그들 사는 땅에 핀 꽃이 보고 싶었네. 피어서 하늘을 찬란하게 물들이고 여한 없이 툭 떨어져 또 한 번 피는 꽃. 꽃다운 그 꽃이 정말 보고 싶었네.

*《동백꽃이 툭》 김미희 저, 토끼섬 펴냄.

전용희

바다라는 개념이 없을 때를,
바다라는 이름이 생기기 전을 생각해본다
짙푸른 그 심연은 막연한 추상이다
자음과 모음, 초성과 단어와 부호는 파동하는 심연의 파편이다
그들을 건져 올려 문장을 엮는다
막연한 추상을 구상화하는 작업이다 나를 '나'라고 이름 짓는 일이다

동문시장에서는 그리움의 냄새가 난다

-

거기 있더라 I

-

거기 있더라 II

전용희

수필가, 소설가

동문시장에서는 그리움의 냄새가 난다

언제부터인가 여행에서 시장 방문은 주요 일정으로 자리 잡았다. 시장은 어디든 거기서 거기라는 생각은 편견이 된 지 오래다. 세상의 시장은 모두 재화의 등가교환을 축으로 움직이는 점에 있어서는 동일하지만, 그 표정은 사람의 얼굴 생김만큼이나 다양하다. 시장 중에서도 지역의 역사와 특성을 만날 수 있는 곳으로는 예전부터 있어온 재래시장이 으뜸일 것이다.

재래시장이자 상설시장인 동문시장은 제주에서 빼놓을 수 없는 명소다. 너무 먼 지구 저편도 아니고, 가기만 하면 언제든 반겨주는 동문시장에서 나는 가까운 이웃 같은 친근함을 느낀다.

그럼에도 나는 제주에 자주 가지는 못했지만 동문시장은 매번 방문할 수 있어서 다행이었다. 늘 바쁜 일정이었는데도 공항 근처에 있는 시장이라서 시간 내기가 어렵지만은 않았다.

유모차를 밀고 오는 일가족들, 핫도그를 먹으면서 한눈파는 젊은이들, 편한 차림으로 장 보러 나온 사람들과 멀리서 온 외국인들이 동문시장이란 공간을 공유하며 즐긴다. 이 자연스러운 친화력은 제주 사람과 관광객이 함께 이용하는 시장의 포용력에서 나왔으리라. 동문시장에서는 상인도 바쁘지만 외근 나온 택배사 직원들도 쉴 틈이 없다. 나는 식구들이 좋아하는 생선을 사서 택배로 부친다. 싱싱하다 못해 푸른빛 도는 은갈치는 구매목록 1번이다. 선물용과 부피가 작은 것은 캐리어 가방에 넣고 이동한다.

소라고둥이 모델일 것 같은 수제아이스크림은 색도 곱고 모양도 예쁘다. 나는 잠깐만 망설인다. 제주에서만 맛볼 수 있다는 로컬 도넛은 열량이 너무 높을 것 같아서 눈으로만 감상해야 한다. 호떡과 식혜라는, 서로 어울릴 것 같지 않은 것들의 조합도 재미있다. 시장 저쪽에선 거리공연인 버스킹이 한창인가보다. 그쪽을 둘러싼 젊은이들 웃음소리가 제주산 청귤만큼이나 풋풋하다. 이전부터도 시장들 일각에선 문화산업으로의 도약을 꾀해왔다는 사실을 새삼 느끼며 주변을 두리번거린다. 허름한 집에서 먹은 비빔국수의 맛이 식욕을 돋우고 있다. 그 집에 다시 가고 싶은데도 일행들 뒤만 졸졸 따라서 간 터라 길을 찾지 못하겠다.

규모가 크고 길고 짧은 길들이 지선처럼 뻗은 동문시장에서는 나처럼 길눈 어두운 사람은 헤매기 십상이다. 시장의 모습도 올 때마다 조금씩 달라져 있다. 유행이 빠르게 소비되는 사회적 현상을 동문시장도 피해갈 수는 없는 게다. 나는 새로운 경험을 하는 기분으로 최근에 새로 단장한 듯한 트렌디한 디저트 카페로 들어간다. 마침 창가 자리가 비어 있다. 캐리어 가방을 한쪽으로 밀어 넣고 창가에 앉은 나는 맞은편의 오래된 가게들을 바라본다. 그 가게들에 켜켜이 녹아든 세월이 에스프레소 향과 함께 번져간다. 과거와 현재가 공존하는 시장에서 느낄 법한 왠지 모를 그리움의 냄새에 젖을 수 있는 것도 내가 좋아하는 동문시장의 매력이다.

지난번에 제주에 왔을 때는 제주항이 있는 건입동에서부터 동문시장까지 걸어가 보았었다. 차를 타고 지나가기보다 걷는 쪽을 택했는데, 제주에 대해 알고 싶고 좀 더 가까워지고 싶어서 그리했던 거다. 과연 동문시장은 제주항의 모태인 건입포와 멀지 않았다. 그 옛날의 건입포는 바다 입출항의 포구로서 새로운 문물과 사연이 오간 창구였다. '산지항'으로 불리기도 하는 이

포구는 일제가 제주 백성들이 피땀으로 쌓아올린 성곽을 허물어 매립한 위에 지어졌다. 건입포의 방파제가 뻗어나가는 동안 성곽은 마저 해체되어 바다를 메우는 데 쓰였다. 탐라국부터 있어온 성곽은 도지정문화재인 제주성지에 자취로만 남아 있다.

아름답지만 아픔이 많은 섬, 제주의 건입동에는 제주성의 젖줄이었던 산지천이 흐르고 있었다. 한라산에서 발원한 물이 지나는 산지천가를 걸으면서 산지항에서 출토되었다는 유물들을 떠올려 보았었다. 그 유물들을 근거로 탐라국 시절부터 지금의 동문시장 자리가 그 시절에도 시장이었음을 추정한다는 신문기사를 되새기다 보니 어느새 동문시장 앞이었다.

길음이 주된 교통수단이었던 시절, 건입포와 동문시장은 지근거리였겠다. 생선을 파는 옛 여인은 건입포에서 받은 생선을 머리에 이고 내가 걸었던 길을 걸어 지금의 동문시장 자리인 장터로 왔을까.

생각이 이끄는 상상을 따라가자 카페 창유리가 선명한 스크린으로 변모한다. 어딘가 모르게 낯익은 여인이 한손은 들어 생선이 가득한 광주리를 잡고 다른 손으로는 치맛자락을 여며 쥐고 이쪽으로 부지런히 걸어오고 있다. 여인은 좌판을 펼친 다음 손님을 소리쳐 부르다가 익숙한 솜씨로 생선의 배를 가르고 내

장을 훑어낸다. 어느새 나의 맥박은 생선의 머리를 쳐내고 꼬리를 자르는 여인의 숨을 따라 뛰고 있다. 생선으로 가득 찼던 광주리는 점점 비워지고, 투박한 도마 옆으로는 생선을 손질하고 남은 것들이 무더기로 쌓여간다.

겨우 한숨 돌린 여인은 걷어 올린 저고리 소매로 이마의 땀을 닦고 있다. 카페 안에는 비릿한 생선내와 여인의 땀내, 그리고 오븐에서 막 꺼낸 쿠키의 향이 스피커를 통해 나온 노랫소리와 함께 뒤섞여 흐른다. 이제 여인은 빈 생선 광주리에 장 본 것을 담아 이고 노을 속을 걸어 집으로 돌아가고 있다. 나는 맞은편의 오래된 가게들과 멀어져가는 뒷모습에서 시선을 거둔다. 비행기 출발시간이 멀지 않았다. 에스프레소에 적신 쿠키를 마저 먹고 자리에서 일어난다. 계산을 마친 나는 카페에서 대로변 방향으로 곧장 나가려다 말고 번잡한 시장 안쪽으로 들어간다. 내가 아무리 길치라도 동문시장의 활기 속을 걸어 제주공항 방향으로 나가는 지름길 정도는 꿰고 있다.

거기 있더라 I

지난봄은 잔인했다. 가지마다 꽃망울이 가득 달려 있었으니. 머잖아 매화가 병원 마당을 눈부시게 덮을 기세였다. 얼마 못 가고 시들 꽃이란 생각은 위로가 되어주지 않았다. 십 년이고 백 년이고 매화는 해마다 새로 피어날 거였다. 나의 생은 몇 번이나 더 꽃 피울 수 있을까. 방금 암 선고를 받은 나는 혼이 나간 채로 매화를 시샘했다.

외과의사는 부분절제를 권했다. 그 정도면 충분하다고 했다. 나는 병변이 있는 가슴 하나를 다 들어내 주기를 바랐다. 혹시라도 재발할까 봐 두려웠다. 진단에서 수술까지의 과정도 다시는 겪고 싶지 않았다. 사춘기부터 꼭꼭 싸매눈 가슴이었다. 때

마다 공공재처럼 풀어헤쳐 보이는 것도 고역이었다. 슬쩍 처진 채로 가만히 있는 가슴을, 역할을 다해가는 그것을, 완경에 이른 내가 버리려 하고 있었다. 이제는 쓸모없게 되었다면서 모질게 굴고 있었다. 후회할 것이란 말에 망설였지만 내 결정은 바뀌지 않았다.

순한 지아비는 곧 없어질 가슴을 수술실 앞에서 쓰다듬고, 쓰다듬었다.

잃고 싶지 않았으나 잃고 만 것들이 누구에겐들 없을까. 나도 다를 게 없어서 내 삶은 상실 위에 뜬 섬 같다는 생각을 아주 오래전부터도 해왔었다. 생각은 늘 추상일 수밖에 없었다. 추상이 실체를 갖춘 것은 마취에서 풀려난 직후였다. 부재함으로 존재했음을 증명하는 그 실체는 옷섶으로 손을 넣으면 만져졌다. 빈 그 자리에 손이 닿는 순간 나는 쿵, 하고 내려앉는 마음의 소리를 들었다. 피할 수 있었지만 피하지 않은 결과인데도 눈앞이 아득해져왔다. 나는 그러지 않을 줄 알았다. 나는 여자란 걸 그다지 의식하지 않고 살아온 것 같았고, 누군가에 대해 정의 내려야 할 때도 성별보다는 그가 삶을 대하는 태도와 인식을 먼저 체크했었다. 그렇다고 해서 모성과 여성성의 상징이면서 나의 일부인 그것의 소중함이 덜할 리는 없었다. 앞으로의 날들이 중요하기에 어려운 선택을 했던 것인데, 그날의 동요는 꽤 오래갔다.

예방 차원이라던 항암은 독했다. 있는지조차 모르는 빈대를 잡는다고 초가삼간을 활활 태우는 격이었다. 견딜 만할 것이란 말은 한낱 독려에 불과했다. 다른 이들에겐 평범한 하루가 내게는 연옥이거나 지옥이었다. 그 뜨거운 여름에 나는 속수무책으로 무너져갔다. 가도 가도 붉은 황톳길이었다.

한하운의 문둥이는 붉은 그 길에서 발가락이 떨어져나갔다지. 내 엄지발가락에선 발톱이 빠져나왔어. 손톱 밑으로는 말간 물이 흐르더군.

천형이 따로 없었다. 세 집에 한 집꼴로 암 환자가 있다는 세간의 말은 나를 더 힘들게 했다. 왜 나야. 내가 무얼 잘못했기에…. 단지 운이 없었을 뿐이란, 자칭 암전문가의 말에는 어이가 없어서 웃고 말았다. 누가 무슨 말을 하든 달라질 건 없었다. 노란 액을 게워내면서는 울지 않으려고 입술을 깨물었다. 간병하는 가족들도 힘들긴 마찬가지였다. 나약한 내 모습을 보이고 싶지 않았다. 그리고 세상엔 누구와도 나눌 수 없는 고통도 있기 마련이었다. 몇 발짝 떼는 것도 힘들어 주저앉은 날에는 마음으로 먼 곳을 더듬었다. 어딘지 모를 그곳으로 가고 싶었다. 지친 몸과 마음을 거기에 풀어놓고 나직이, 나직이 울고 싶었다.

뜨거운 그 여름이 그렇게 지나가고 있었다.

거기 있더라 II

맨드라미 앞에서 울었다. 꼭꼭 싸맨 마음이 저절로 풀어헤쳐졌다. 제주 바닷가 화방에서였고, 동행한 글 작가들과 '그림을 통한 자아 찾기'를 경험하다가 그리 되고 말았다.

우리는 진행에 따라 그림 한 점씩을 '직관적'으로 선택했었다. 다른 그림도 많았지만 나는 만개한 맨드라미를 거친 붓놀림으로 작업한 10호 유화를 무슨 실수처럼 골랐다. 나는 정원을 가꾸며 많은 모종을 사들였어도 맨드라미는 항상 예외였다. 그 꽃은 주변에 너무 흔해서 내 정원에는 심지 않았다. 단조로운 붉은빛도 마음에 들지 않았었다. 논리로는 이해하기 어려운 일이

영적 영역에선 드물지 않은 법이다. 자아 찾기 프로그램이라서 출발부터 다르다고 생각했다. 그럼에도 맨드라미는 정말 난데없었다. 매화라면 모를까.

일 년 전 그날, 병원 마당의 매화는 당돌하리만큼 다부졌다. 금방이라도 활짝 벌어질 듯한 꽃망울들을 나는 얼마나 부러워하며 시샘했던가. 화랑에 도착하기 전에 들른 제주 성읍마을에도 매화가 피어나고 있었다. 일 년이 지난 날의 나는 성읍의 매화를 담담히 지켜보다가 문득 쓸쓸해졌다. 나 혼자서가 아닌, 일행들과 있는 자리여서 조심스러웠다. 그러니 괜스레 지난 일 따윈 떠올리지 말고 애써 담담하라고 자기최면을 걸었던 건 아닌가, 싶어서였다.

항암을 마쳤다고 치료가 다 끝난 건 아니었다. 나는 날마다 처방약을 먹었다. 환자 냄새가 날까 봐 목욕을 자주 했다. 속눈썹마저 빠져버렸다는 사실은 나중에 알았다. 피하지 못할 일로 혼자 외출하는 날, 말쑥해 보이도록 옷차림에 신경 썼고, 눈화장에도 공을 들였다. 그랬어도 사람들은 용케도 알아보았다. 한산한 전동차 안에서 십여 분 동안에 옆자리 사람이 아홉 번 바뀌었다. 감각이 돌아오지 않은 가슴 언저리가 아홉 번 쿡쿡 쑤셨다.

당신은 여자인가? 여자와 사람의 경계에 있어.

허물처럼 벗겨지는 그것은 당신의 비늘? 역시 사람의 형상은 아니야.

인터폰이 울리자마자 부리나케 몸을 숨기는군. 암 환자인 게 알려질까 봐 피하는 게지.

감정이 바닥을 치는데도 당신은 방기하고 있어.

기분이 표정이 되어선 곤란해. 표정을 얼굴에 담지 마.

정기 검진일에 만난 주치의는 나를 훑어보다가 협진을 통해 다른 과 상담받기를 추천했다. 담당한 환자 중 많은 수가 상담을 받는다면서, 흔히 거치는 과정이라고 설명했다. 나는 상담 내신에 꾸준히 숲속을 걷기로 생각을 정리했다. 조용한 숲속을 천천히 오래 걷다 보면 마음이 그윽해지는 때가 오는 것을 알고 있었다. 그때를 나는 참 소중히 여겼다. 몸 상태도 그때가 최고조에 달했다.

나는 날마다 조금씩 걸음수를 늘렸다. 다리의 붓기도 매일 조금씩 빠졌다. 그렇게 계속 걷다 보면 이전의 나로 돌아갈 수 있을 것 같았다. 아무렇지 않게 사람들 속에 섞일 날이 오고 있는 것 같았다. 한 달쯤 지나서는 나무들 빽빽한 앞산 중턱까지 오를 수 있었다. 가끔은 탁 트인 강변으로 나갔다. 한동안은 강변만 쏘다녔다.

맨드라미를 마주한 지 시간이 제법 지났다. 지난 일들을 생각하느라 진행자의 신호에 집중하기 어려웠다. 기를 모아 준다는 손동작을 따라하다가 맨드라미로 시선을 모았다. 이어서 두 눈을 감았고, 마음이 고요해기를 기다렸다. 평정심을 찾아야 무엇이라도 만나든가 할 텐데, 머릿속이 여전히 산만했다. 꺼져 있던 천장조명들 중 일부에 불이 들어와 있던 것이 신경 쓰였고, 누군가 조심스럽게 자리에서 일어서는 듯한 기척이 느껴졌다. 내면으로 기울어야 할 정신이 다른 쪽으로 기울어지고 있었다. 어차피 프로그램은 끝나가고 있었다. 그만 놓아야 할 것을 계속 붙들고 있을 수는 없었다. 해프닝 같았던 시간을 마무리할 셈으로 두 눈을 감고 긴 들숨을 쉬었다. 깊이, 깊이 들이 쉰 숨으로 내가 가득 채워진 것 같은 순간이었다. 단조로운 붉은빛이 너무나도 선명하게 감은 두 눈으로 들어왔다. 긴장하는 사이, 날카롭고 서늘한 기운이 나를 스쳤다. 수술복으로 갈아입고 차디찬 베드에 누운 창백한 내가 보였다. 나는 한쪽 가슴을 양손으로 싸안은 채로 의료진에게 둘러싸여 있었다. 미안해하면서, 겁먹지 말라고 달래는 소리 없는 내 목소리도 다 들렸다. 날카롭고 서늘한 그것은 수술실의 날 선 메스였다. 붉은 빛깔이 무엇을 의미하는지는 말하고 싶지 않다.

시간을 거슬러 수술실로 나를 인도한 맨드라미가 마지막으로 보여준 것은 뜨겁던 여름의 붉은 황톳길이었다. 가도 가도 붉은 그 길에서 어떤 여자가 울고 있었다.

나는 안으로만, 안으로만 삼킨 숨을 길게 토해냈다.
나, 힘들어요.
그 말마저 내어 놓자 내 안에서 무언가가 차츰 잠잠해져갔다.

제주를 떠나는 날에 만났다.
거기 있더라. 멀리 가지 않았더라.
제주 바다에 섬이 되어 엎디어 있더라.
구릉이 되어 오름이 되어 나직이 엎디었더라.
나를 맞아 주었더라. 배웅해 주더라.
원망하지 않더라.

한혜경

이미지를 믿지 않는다
그래서 내 글쓰기는 숱한 이미지들이 가리고 있는
진실을 찾는 일이기도 하다
제주의 이미지를 걷어냈을 때
진짜 제주는 어떤 모습일까 궁금했다

정원에서 유영하다

-

풍경 너머

-

순이삼촌과 강정심과 그리고…

한혜경

수필가, 평론가, 명지전문대 교수

저서: 평론집 《상상의 지도》, 《시선의 각도》 외

글쓰기 이론서 《생각 글 말 - 내 안의 가능성을 보다》 외

수필집 《아주 오랫동안》, 《지나고 보니 따뜻했네》(브런치북) 외

정원에서 유영하다

어린 시절 우리집이 있는 골목에서 조금 올라가면 담이 낮아 안마당이 훤히 보이는 집이 있었다. 상당히 큰 뜰에 잔디가 고왔고, 나무의 잎새가 푸르러지고 꽃이 피는 계절이 되면 풍요로우면서도 아름다웠다.

'정원'이란 단어는 그렇게 내 마음에 새겨졌다. 그냥 나무 몇 그루 서 있는 현실의 '마당'과 구별되는 동화 속 세계처럼. 누군가의 보살핌이 있어야 가능하다는 사실은 인식하지 못할 때라 그저 보기 좋으면 좋았다. 아마 내가 갖지 못한 것에 대한 동경도 섞였으리라.

최근 이슬람 문명에 대한 책을 읽다가 오래전 이 기억이 떠올랐다. 정확히는 내가 품고 있던 정원에 대한 이미지가 떠올랐

다. 사막 지역의 험악한 환경과 가혹한 기후가 이슬람 예술에 '정원'이란 분야를 탄생시켰다는 설명에서였다. 정원을 천국이 땅 위에 반영된 것으로 상상해 11세기에서 19세기에 이르기까지 눈부신 정원예술이 발달했다는 것이다. 지배층은 재산과 권위의 상징으로 규모가 큰 정원을 누렸고, 보통 사람들도 자그마한 정원을 꾸며 최소한으로라도 자연을 느끼곤 했다고 한다.

푸른 나무와 다채로운 꽃들이 세밀하게 배치된 정원에서 현실의 먼지와 열기, 단조로움을 잊으려 한 이슬람 사람들. 낮에는 작열하는 태양과 뜨거운 바람이 몰아치고 밤이면 살을 에는 추위가 덮치는 기후에 황량한 풍경만 펼쳐져 있는 환경에서 잠시라도 벗어나려 한 것이니, 결핍에서 비롯된 상상의 멋진 결과물인 셈이다.

그런 생각을 하던 차에 또 다른 정원을 만나게 되었다. 마음 맞는 문우들과의 제주 여정에서 찾은 '생각하는 정원'이다.

'생각하는 정원'이라니, 정원이라면 그저 풍경을 즐기면 되는 게 아닐까, 무엇을 생각하는 걸까. 호기심을 갖고 둘러봤는데, 과연 생각할 거리가 많았다. 제주의 오름을 형상화한 나지막한 언덕 사이로 수천 점의 분재와 나무들, 연못이 조화로운 거대한 정원인데, 우선 분재에 대한 편견을 여지없이 깨뜨렸다. 자연 속에서 잘 자라고 있는 나무를 잘라서 생기를 잃게 한 것이 분재라고 여겼는데, 이 정원의 분재들은 자연 속 나무와 다름없이, 아니 더 생명력을 발산하고 있었다.

각 분재와 나무 옆에 놓인 안내판은 나무의 특성뿐 아니라 관련된 일화를 소개하기도 하고 삶에 대한 사유를 유도하고 있어 특별했다. 나뭇가지에 돌덩이가 붙어있는 느릅나무의 안내판에는 그 유래에 대한 설명 뒤에 "분재의 가지는 계속 다듬어 주어야 하기 때문에 영원히 미완성입니다. 사람의 인격도 또한 영원히 미완성인 것 같아요. 죽음의 순간까지 닦고 닦아 나가야 하는 것이 아닐는지…."로 마무리되어 있었다.

나무를 설명하다가 인격 이야기라니…. 독특한 모양의 주목, 큼지막한 열매를 매달고 있는 모과나무, 제주 토종 윤노리나무, 돌을 안고 있는 느릅나무 등, 다양하면서도 색다른 나무들에 경탄하는 데 그치지 말고 인생에 대해 생각했으면 하는 바람이 읽혀 이 정원을 가꾼 이가 누구일까 궁금해졌다.

1968년 가시덤불 돌짝밭을 개간하기 시작해 50년이 넘는 시간 동안 매만져 오늘의 정원을 이뤘다는 성범영 원장의 이야기는 놀라움과 감탄의 연속이었다. 제주에서 가장 낙후되고 척박한 땅에서 미친놈 소리를 들어가며, 수없이 다치고 수 차례 수술까지 받으며 정원을 일궜다고 한다. 그 고된 시간을 견딜 수 있었던 것은 신앙 덕분이었다고 했는데, 그에 못지않게 나무를 가꾸면서 저절로 수양이 된 게 아닐까 하는 생각이 들었다.

그의 이야기를 들으며 나무들을 다시 바라보았다. 성원장의 말대로 나무들은 정직했다. 분재라고 해서 생기를 잃은 게 아니라 다른 나무들보다 더 오래 살고 건강할 수 있다는 사실을 빛나는 몸으로 증언하고 있었다. 본질은 외면하고 일면만 보는 인간이 우습다는 듯.

저렇게 나무가 싱싱한데, 나무의 천성을 억압한 것인가, 야성을 교정한 것인가 따지는 일은 무의미하지 않은가. 심지어 돌담 사이에서 태어나 돌 때문에 죽을 수 있던 나무를 보살펴 돌을 감싼 상태로 살아나게 했으니, 방법이 중요한 게 아니라 '살림'이 중요한 게 아닐까. 어떤 형태로든 살아 있는 게 중요하지, 지엽적인 논의로 본질을 흐릴 필요가 있을까.

많은 생각이 교차하는 가운데 오래도록 마음에 남은 것은 분재는 계속 가지를 다듬어 주어야 하므로 영원히 미완성이라는 말이었다.

완결이란 완전히 끝을 맺는 것이니 더 이상 변할 여지가 없는 상황이다. 하지만 완결되지 않은 미정형의 세계는 가능성이 남아 있으므로 미래로 열려 있다. 살아서 움직이는 것이다.

나뭇가지를 계속 다듬듯이, 우리의 생각도 이리저리 매만져야 좀 더 나은 모양이 되리라.

굳어 있던 관념을 흔들어 변화의 물꼬를 트고, 일면만 보던 습관에 균열을 내고, 나에게 익숙한 세계가 전부가 아님을 인정하고, 깨지면 안 되는 공고한 세계는 없다는 사실을 받아들이고, 그래서 내 삶을 이루어 온 많은 풍경들이 달라질 수 있음을 깨달으면서,

정원 안에서 생각이 물처럼 흘러간다.

✖

풍경 너머

떠나요 둘이서 모든 것 훌훌 버리고

제주도 푸른 밤 그 별 아래…

일상에 찌들어 어디론가 떠나고 싶을 때면 머릿속을 맴도는 노래이다.

푸른 밤하늘과 바다, 우리를 얽매는 것들로부터 벗어난 삶, 복잡한 도시를 떠나 낑깡밭과 감귤밭을 일구며 사는 소박한 삶….
제주도는 청량한 푸른 이미지로 우리에게 손짓한다.

하지만 어느 해인가 그 이미지가 산산이 부서졌다. 2월 말의 남녘엔 봄내음이 물씬하겠거니 했는데, 웬걸 쌀쌀한 바람이 사정없이 옷깃을 파고들고 바다의 물결은 포효하듯 날뛰고 있었다. 푸름이 아니라 사납고 거칠고 스산했다. 그동안 날씨가 좋을 때만 왔던 것이다.

기당 미술관, 변시지 화백의 그림 앞에서 그 기억이 떠올랐다.

1926년 제주에서 태어난 변 화백은 일본에서 활약하다가 1957년 귀국해 서울에서 활동한다. 1975년 고향으로 돌아와 2013년 작고하기까지 제주 풍광을 그렸다.

그런데 그의 그림에 제주의 푸른 바다는 없다. 제주의 트레이드마크라 할 유채꽃밭도, 동백꽃도 없다. 언덕 위 한 켠에 초가집 하나 쓸쓸히 서 있고, 그 옆에 소나무 한두 그루, 지팡이를 짚고 있는 구부정한 사내와 조랑말, 그리고 가끔 새 한 마리가 전부이다. 배경이 바다든 폭포든 모두 황톳빛이다. 푸른 바다와 노란 유채꽃밭을 기대한 사람에게는 낯설 뿐 아니라 황량하기까지 하다.

그중, 〈기다림〉이란 그림이 유독 시선을 붙잡는다.

아득한 바다 끝에 돛단배 하나 떠 있고, 폭풍이 불기 전일까 하늘은 검은빛으로 불안정하게 출렁이는데, 초가집은 비스듬히 기울어 있어 위태로워 보인다. 그 앞에 가느다란 소나무 세 그루, 덥수룩한 머리의 사내는 지팡이를 짚고 나무에 기댄 채 고개를 수그리고 있다.

무엇을 기다리길래 저런 자세로 서 있는 걸까?

얼핏 체념한 것처럼도 보이고, 회한에 가득 찬 것 같기도 한데, 그 어떤 감정도 내면 깊숙이 감추고 그 안에 똬리를 튼 채 침묵하고 있는 듯하다. 보는 사람 마음도 한없이 가라앉는다.

인상적인 점은 다른 그림들에서도 사내의 자세는 동일하다는 사실이다. 하늘에 태양이 빛나고 있거나 바람이 불거나, 앉아 있거나 서 있거나. 심지어 초가집을 허물듯 파도가 솟구쳐 오르고 나무가 휠 정도로 폭풍이 몰아치는 중에도 같은 자세로 바람을 맞고 있다.

그림을 뚫고 나올 듯 폭풍의 위력이 압도적인데 피하지 않고 바람 속에 있는 모습은 모든 것을 묵묵히 받아들이는 것처럼 보인다. 평화롭고 안온한 것만이 아니라 거센 바람으로 표현되는 척박한 환경, 그리고 변덕스러운 삶의 속성까지 모두.

어떤 상황이든 있는 그대로 수용할 수 있다면 헛된 욕망이나 정념에 휘둘릴 일도 없을 터. 그러고 보니 그의 모습은 체념이나 슬픔이 아니라 텅 빈 마음에서 비롯되는 평안과 겸양을 나타내는 게 아닐까.

인간이 최고라는 오만함과 거리가 먼, 조랑말과 새들과 함께 살아가며 험악한 환경도 불평하거나 회피하지 않고 그대로 받아들이는 삶. 그래서 적막해 보이지만 충만한 삶.

그 속에서 황톳빛은 쓸쓸한 색이 아니라 인간과 자연이 한데 어울려 살아가는 생명의 색으로 빛나고 있다.

❖

순이삼촌과 강정심과 그리고…

젊은 세대들은 이해하기 어렵겠지만 1960년대에 유년을 보낸 나는 공산당이나 남파 간첩을 악마나 괴물이라고 여겼다. 초등학교 4학년 때였던가. 내 또래인 이승복의 죽음은 공산당의 이미지를 더욱 잔인한 것으로 각인시켰다. "공산당이 싫어요."라고 말했다고 어린 소년의 입을 찢어 죽였다는 이야기는 너무 섬뜩해서 오래도록 지워지지 않았다.

그렇게 자랐으니, 최인훈의 《광장》에서 주인공이 밀수선을 타고 북한으로 넘어가는 장면에 놀랄 수밖에 없었다. 대학생이 되어서야 그동안 몰랐던 세계에 조금씩 눈을 뜨기 시작한 것이다.

대학에 들어와 얼마 지나지 않아 대학생활이 꿈꾸던 것과는 다르며 많은 것들이 은폐되어왔음을 눈치챌 수 있었다. 당시 우리 대학 1학년은 필수로 들어야 할 교양과목이 많아서 원하는 과목을 선택할 여지가 적었고 수업은 대체로 지루했다. 자연스럽게 수업은 빼먹고 시대의 고민을 나누는 척 학교 앞 다방에서 시간을 보내곤 했다.

수업 교재 대신 읽게 된 책들은 이제까지 알고 있었던 것들이 사실과 다르다고 말하고 있었으며, 여전히 확인되지 않은 문제가 많다고 말하고 있었다. 그렇게 알게 된 이야기 중 하나가 현기영의 〈순이삼촌〉이다. 1949년 음력 섣달에 제주도 한 마을이 불타고 수많은 사람들이 죽어간 사건을 그린 소설.

1988년까지 자유로운 해외여행은 생각하지 못할 때라 당시 제주는 최고의 신혼여행지로 꼽히던 곳이었다. 그 전해 여름방학에 큰맘 먹고 갔던 함덕해수욕장의 조용하고 아름다운 바다와 소박한 민박집 정경을 마음속에 간직하고 있던 차, 30년 전 이런 비극이 벌어졌다니 믿기지 않았고, 더 놀라운 건 일어났는지도 몰랐다는 사실이었다.

소설은 서울에 사는 중년의 '나'가 8년 만에 고향 제주를 찾아가는 것으로 시작한다. 할아버지 제사에 참석하기 위해서이다. 30년 전 그날, 할아버지뿐 아니라 오백 명 가까운 사람들이 한

날 죽었으므로 이집 저집에서 연이어 곡소리가 터져 나온다.

'나'는 그 곡소리가 지긋지긋해 고향을 외면해 온 지 오래이다. 그에게 고향이란 '우울증과 찌든 가난밖에 남겨준 것이 없는 곳'이고 30년 전 군 소개작전에 따라 소각된 잿더미 모습 그대로 떠오르는 것이었으므로 기억에서 지우고 싶었던 것이다.

제사를 마치고 그는 순이삼촌이 스스로 목숨을 끊었다는 소식을 접하고 놀란다. 쉰여섯 나이에 순이삼촌이 생을 마감할 수밖에 없었던 사연이 나오면서 소설은 30년 전 참상의 현장으로 독자를 끌고 들어간다.

당시 일곱 살이었던 그의 시선으로 그날이 생생하게 묘사되는데, 사람들을 초등학교 운동장에 모아놓은 후 군인 가족을 가려내고 남은 이들을 장대로 몰아가는 장면이 특히 처참했다. 운동회 때 바구니공을 매달아 놓던 장대로 오십 명 정도씩 떼어내어 끌고 가면 얼마 후 일제사격 총소리가 콩 볶듯이 일어나곤 했다. 통곡 소리가 천지를 진동하고 길바닥에 주저앉아 울며불며 살려달라고 애걸하던 사람들, 끌려가지 않으려는 사람들을 총구로 찌르고 개머리판을 사정없이 휘두르던 군인들…. 지옥도가 따로 없었다.

그 시절 순이삼촌은 행방을 알 길 없는 남편 때문에 툭하면 경찰에 끌려가 모진 고문을 당하곤 했으므로 그날도 총살당하는 무리 속에 있었다. 그런데 시체 무더기에 깔려 기적적으로 살아 나온다. 하지만 아이 둘을 잃은 데다가 공포로 인해 정신적 상흔이 너무 깊게 남는다. 군인이나 순경을 먼빛으로만 봐도 질겁하고 신경쇠약과 총소리 환청 증세로 시달리며 살아왔으므로, 그때 죽은 목숨이나 다름 없었던 것이다.

소설을 읽으면서 사람이 어찌 이토록 잔인할 수 있을까, 명령이라면 어린아이까지 무차별적으로 죽일 수 있을까, 바닥을 알 수 없는 인간의 잔혹함에 몸서리가 쳐졌다. 가장 안타까웠던 것은 삼만 명에 이르는 사람들이 죽었음에도 누구 하나 그 책임을 묻지 못했다는 사실이었다. "그 학살이 상부의 작전명령이었는지 그 중대장의 독자적 행동이었는지 누구의 잘잘못인지 밝혀내야" 한다고 목청을 돋우는 길수 형의 말에 "거 무신 쓸데없는 소리고!" 하며 어른들 모두가 말린다. 선불리 들고 나왔다가 빨갱이로 몰릴 것이 두려워 고발할 용기는커녕 합동위령제 한 번 떳떳이 지낼 뱃심조차 없었다는 서술이 이어진다. 왜 그토록 오랜 시간 이 사건이 알려지지 않았는지 말해주는 장면이었다.

그렇게 〈순이삼촌〉을 안 지 44년이 지났다.

그때의 분노와 충격은 당면한 문제들에 밀려 잊혀졌다. 학업과 육아를 병행하며 정신없이 살아오는 중에 나와 직접적으로 관련 없다고 여겨지는 일들은 의식 저 아래에 가라앉혔다. 제주에 여러 번 갔어도 가족들, 친구들과의 일정을 소비하기 바빴다.

4·3 특별법이 제정되었다는 소식에 다행이라는 생각을 잠시 하고는 곧 잊었고, 4·3 평화공원이 개관했다는 사실을 뉴스로 알고는 있었으나 가 볼 생각을 못 하다가, 최근 문우들과의 여행에서 처음으로 방문했다. 당시 돌아가신 이들의 위패들을 모신 위패봉안실, 행방불명된 이들의 표석들이 무딘 내 가슴을 툭툭 쳐댔다.

복잡한 마음으로 집에 돌아와 읽기를 미뤄두었던 한강의《작별하지 않는다》를 펼쳤다. 그녀의 전작《소년이 온다》를 읽고 너무 힘들었던 기억 때문에 선뜻 손이 가지 않았던 터였다.

고통과 폭력, 인간의 잔인성에 대해 깊이 천착해온 작가답게, 50년이 넘어 봉인이 해제된 미군 기록물들을 포함해 수많은 자료를 참고하여 4·3과 그 이후 시간을 한층 깊숙이 들여다보고 있다. 그래서 이 작품은 당시 참상을 묘사하는 데 그치지 않는다. 살아남은 이들이 겪는 아픔과 고통을 비롯하여, 행방이 묘연한 가족을 찾기 위한 눈물겨운 분투, 그리고 이들이 세상을 떠나더라도 그 뒤를 이어 그들을 기억하고 잊지 않겠다는 의지를 섬세하면서도 단단하게 표명하고 있다.

그 중심에 그때 열세 살이었던 '강정심'이란 인물이 서 있다. 언니와 함께 심부름을 가서 죽음을 피한 그는 이후 오빠를 찾는 데 온 힘을 다 쏟는다. 오빠는 주정공장 뒤 창고에 갇혀 있다가 대구형무소로 보내지는데, 곧 6·25 전쟁이 터져 생사를 알 수 없게 된다. 휴전 후 찾아갔으나 4년 전 진주로 이감되었다는 기록만 있다.

전화를 걸려 해도 제주 시내까지 나가야 하고 대구에서 진주까지 바로 가는 차편이 없어 부산을 거쳐야 하던 시절, 강정심은 제주에서 대구로, 진주형무소로, 1950년 경산 코발트 광산에서 총살당했으리라 추정하고 경산으로, 오빠의 흔적을 찾아 혼신의 노력을 다한다. 그 시간은 열네 살부터 관절염이 심해 잘 걷지 못했던 70대에 이르기까지 반세기가 넘는다.

이런 사실을 전혀 알지 못했던 딸 인선에게 엄마는 마흔 넘어 자신을 낳은 '할머니 같은 엄마'이고 '세상에서 가장 나약한 사람'이었다. 쇠붙이를 깔고 자야 악몽을 안 꾼다는 미신을 믿어 요 아래 실톱을 깔고도 자주 악몽을 꾸던, '허깨비' 같고 '살아서 이미 유령인 사람'이었다. 엄마가 죽고 나서야 치매가 오기 전까지 대구와 진주, 경산을 오간 행적과 꼼꼼하게 정리한 자료를 발견하고 엄마를 잘 몰랐음을 깨닫는다.

그리고 엄마가 모은 자료들의 빈자리에 자신이 새로 찾은 자료를 메꿔 넣기 시작한다. 그리하여 그 겨울 삼만 명의 사람들이 제주에서 살해되고 이듬해 여름 육지에서 이십만 명이 살해된 건 우연의 연속이 아님을 확인하기에 이른다.

인선이 전하는 이 고통스러운 이야기를 듣는 이는 소설가 '나' 경하이다. 젊은 날 영상작업을 같이 하다가 인선과 친구가 된 경하는 K시의 학살에 대한 책을 쓰고 나서 악몽에 시달리며 '사적인 삶'이 부스러진 상태에 있다. 그가 반복해 꾸는 꿈은 눈이 내리는데 수천 그루의 검은 통나무들과 봉분들이 있는 벌판에 서 있는 꿈이다. 그런데 불현듯 바닷물이 밀려 들어온다. 물에 잠기기 전에 뼈들을 옮겨야 한다는 생각으로 어쩔 줄 모르는 중에 꿈에서 깬다.

4년 전 인선에게 꿈 이야기를 털어놓고 함께 통나무들을 심어 먹을 입히고 눈이 내릴 때 영상으로 담아보자는 제안을 한 터이다. 이 프로젝트의 제목이 소설 제목이기도 한 '작별하지 않는다'이다.

작가는 한 인터뷰에서 이는 작별하지 않겠다는 각오를 뜻한다고 말했다, 어떤 것도 종결하지 않겠다, 끝까지 껴안겠다, 끌어안고 계속 걸어 나가겠다는 결의라고. 강정심이 죽을 때까지 오빠의 유해를 찾으려는 노력을 포기하지 않았듯이, 강정심의 뒤를 이어 딸이 그리고 그의 친구가 죽은 이들을 기억하듯이, 육체는 사라졌어도 기억 속에 영원히 존재할 수 있음을 의미한다.

"하도 생각해서 어떤 날엔 꼭 같이 있는 것 같았어."라고 한 인선의 말처럼 간절히 생각하고 기억하면 같이 있을 수 있으므로 작별이 아니라는 것이다.

결국 남은 사람들이 할 수 있는 것은 잊지 않고 기억하는 일이다.

44년 전 느꼈던 충격은 일상의 무게에 눌려 희미해졌지만 완전히 사라지지 않도록 애쓸 일이다. 오래전에 일어났고 나와 상관없는 일이라고 밀어두지 말고 무고하게 죽임당한 이들, 고통받는 이들이 있었음을 기억할 일이다.

악몽에 시달리고 허깨비 같은 삶 속에서도, 온갖 어려움 속에서도, 오빠를 찾고자 했던 강정심의 '지극한 사랑'이 묵직하게 가슴을 누르던 순간을 잊지 말자고 되뇌어 본다.

에필로그

우리의 제주 여정은 지나온 날을 되돌아보며 상처와 아픔을 응시하는 시간이었다. 그 시간은 11개의 색채와 모양으로 안 권의 책이 되었다.

제주의 바람이 더 이상 휘몰아치지 말고
고요히 걸어와 우리 곁에서 함께 걸어가기를
상처와 아픔을 안고 살아가는 모든 이를 부드럽게 감싸며
살아갈 수 있다고 나직하게 위무하기를
우리의 글도 누군가에게 격려와 위안이 되기를.

제주의 바람과 우리의 바람이 만난다.

제주,
바람이 걸어오다

2023년 11월 1일 초판 1쇄 발행

지은이 계수회 수필가 11인
펴낸이 김영훈
편집 김지희
디자인 부건영
편집부 김영훈, 이은아, 강은미
펴낸곳 한그루
제주특별자치도 제주시 복지로1길 21
전화 064-723-7580 전송 064-753-7580
전자우편 onetreebook@daum.net 누리방 onetreebook.com

ISBN 979-11-6867-118-8 (03810)

값 17,000원